Es bellt der Hund –
tut Wahrheit kund!

Die Wirklichkeit der Dinge und die Wahrheit der Vorgänge und Ereignisse bleiben verborgen hinter einem Vorhang, den die Interessen der Beteiligten weben.

Nicht die Ratio, nur die Fantasie vermag ihn zu durchdringen. Dieses aber bedarf des Absurden. Dessen Wesen ist es, dass es der Wirklichkeit zumeist um ein Geringes voraus ist. Das ist das wahre Geheimnis der Dinge.

Ich danke allen Hunden für ihre Mitwirkung.

Vor allem MARLA, AKIRA und BAILEY aus Scherpenberg für die Überlassung ihrer Bildrechte.

Es bellt der Hund –
tut Wahrheit kund!

Eine fantasievoll erzählte, witzige
Analyse des Gebells, unter Mitwirkung
namhafter *Gynäkologen*, führt zu bisher
verborgenen Erkenntnissen politischer,
zeitgeschichtlicher, ökonomischer und
soziokultureller Zusammenhänge sowie der
handelnden Personen.

erzählt von

Dr. Klaus Müller

Bibliografische Information der Deutschen Nationalbibliothek:
Die Deutsche Nationalbibliothek verzeichnet diese Publikation in der
Deutschen Nationalbibliografie; detaillierte bibliografische Daten sind
im Internet über dnb.d-nb.de abrufbar.

TWENTYSIX – der Self-Publishing Verlag
Eine Kooperation zwischen der Verlagsgruppe Random House GmbH
und der Books on Demand GmbH

© 2017 Dr. Klaus Müller

Herstellung und Verlag:
BoD – Books on Demand, Norderstedt

ISBN: 978-3-7407-2606-5

Vorwort des Autors

Seit mehr als tausend Jahren begleiten einander Hund und Mensch. Unübersehbar ist die Fülle der Veröffentlichungen über Hunde und Hunderassen, ihre Eigenschaften, Verhaltensweisen, Erziehung und Nutzungsmöglichkeiten.

Untersuchungen zum Gebell und seine Auswirkungen auf die Welt der Menschen fehlten bisher. Das verwundert nicht, denn der Mensch hat keine Beziehung zum Bellen. Menschen bellen nicht – mit Ausnahme von Hauptfeldwebeln auf Kasernenhöfen und Regisseuren am Set. Jedoch enthält die menschliche Sprache vielfach die Silbe »Bell« oder »Bel«. Diese stellt die Verbindung dar zwischen der Sprache der Menschen und derjenigen des Hundes. Nun haben erstmalig mit Prof. Harry Rottweiler und Frau Dr. Sabine Spitz-Spaniel zwei weltweit anerkannte Kynologen, beide Tierärztliche Hochschule Hannover, das Phänomen wissenschaftlich untersucht. Sie gelangten dabei hinsichtlich Zahl und Inhalt der gewonnenen Erkenntnisse zu überraschenden Ergebnissen für die Welt der Menschen.[1]

Mit dem vorliegenden Werk nehmen wir den Leser an die Hand, gemeinsam den Weg beider Wissenschaftler mitzugehen und an deren Erkenntnissen teilzuhaben. Oder

---

[1] Vgl. die bisherigen Veröffentlichungen im *Giornale di Bassotto*, Turin, 2014: S. 14ff. und im *Amtsblatt für den Bayrischen Gebirgsschweißhund*, Wolfratshausen, 1999: Heft 22, S. 27ff.

haben Sie schon gewusst, wie Adenauer auf den Tod Wehners reagiert hat, warum der Papagei Ralf Stegners ihn stets mit »Moin, moin Herbert« anspricht, wieso zwei Hunde aus einem Münchner Tierheim Namensgeber für zwei Ostseegewässer wurden, welche Bedeutung das Hundegebell in der Raumfahrt hat, warum in vielen Teilen der Welt vor politischen oder auch privaten Entscheidungen Sand aus der spanischen Estremadura importiert wird und weshalb Briten und Deutsche den Ort einer siegreichen Schlacht »Waterloo« nennen, die unterlegenen Franzosen hingegen von »Belle Alliance« reden?

Worüber waren die berühmten amerikanischen Dirigenten Stokowski und Bernstein so heillos zerstritten? Und warum nahm Liselotte von der Pfalz ihre Jungfernschaft nicht mit an den Hof des Vierzehnten Ludwigs? Stimmen Informationen, wonach eine Dackelattacke auf den Zaren der Grund für den Eintritt Russlands in den Ersten Weltkrieg gegen das Deutsche Reich war? Welche Absichten hegt Präsident Putin hinsichtlich einer Annexion Tibets? Was wissen Sie über Trinkgewohnten von Hunden nach Wanderungen und über preistreibende Kostenrechnungen von Krankenhäusern? Schließlich: Entspricht es der Wahrheit, dass der Künstlername des berühmtesten chinesischen Pianisten der Gegenwart vom Musikkritiker einer Niederbayrischen Zeitung stammt?

Alles das und weitere geheime Fakten, die im Dämmer der Geschichte schlafend verharren, können Sie mit der Betrachtung des Hundegebells ans Tageslicht fördern.

Nur Mut!

Verlag und Autor danken dem Verein der Freunde und Förderer des Kynologischen Instituts der Humboldt-Universität zu Berlin für den großzügigen Druckkostenzuschuss.

Hinweis des Verlags

1. Trotz gründlicher Redaktionsarbeit hat der Fehlerteufel erbarmungslos zugeschlagen. Natürlich haben nicht – wie auf dem Cover angegeben – namhafte Gynäkologen, sondern zu unserer Freude namhafte Kynologen an der Analyse des Hundegebells mitgewirkt. Kynologie, vom griechischen *Kynos*, d.h. Hund, ist die Wissenschaft vom Hund, die zu pflegen Aufgabe der Kynologen ist. Letztere trotz sprachlichen Gleichklangs wohl zu unterscheiden von Kinnologen – das sind Berufsboxer mit einer bestimmten Schlagrichtung.

Die bedauerliche Verwechslung offenbart schmerzhaft die weitgehende Unkenntnis des Griechischen in der heutigen Generation. In dieses Bild passt das Ergebnis einer von der Griechischen Botschaft in Berlin in Auftrag gegebenen Befragung von 200.000 Abiturienten des Jahrgangs 2015. Auf die Frage nach der Göttin der Jagd (1) und den Helden der klassischen Griechischen Mythologie (2) antworteten zu1 jeweils 40% mit Nana Mouskouri und Vicky Leandros, jeweils 5% votierten, unter ausdrücklicher Berufung auf deren griechische Vornamen, für Helen Vita und Helene Fischer. Zur Frage (2) nannten wenig überraschend 90% Alexis Tsipras. Zu beiden Fragen erklärten 10% ihr Nichtwissen mit der Begründung, dass die Fragen im Abitur nicht vorgekommen seien. Erstaunlich war, dass zur Frage (2) (mytholog. Helden) einmal Dr. Wolfgang Schäuble genannt wurde. Eine von der beauftragten Agentur unter Außerachtlassung datenschutzrechtlicher Bestimmungen durchgeführte Rasterfahndung enttarnte den Täter als einen Gymnasiasten aus Bad Krozingen. Es handelt sich offenbar um einen ausgesprochenen Fan Dr. Schäubles. Auch bei der WDR-Quizsendung »Kluge Fragen und dumme Antworten mit Carsten Schwanke« hat der junge Mann auf die Fragen nach dem Schützen des Siegtors bei der WM gegen Italien, nach dem Oberbefehlshaber der Germanen bei der Schlacht im Teutoburger Wald gegen die Legionen des Varus und nach dem Erfinder des Starkstroms stets Dr. Wolfgang Schäuble genannt.[2]

Wir mögen darüber nicht urteilen und überlassen es dem Leser, hieraus allfällige Schlüsse zu ziehen.

Der Kulturattaché der Griechischen Botschaft in Berlin, Herr Stefanos Stefanopoulos, beging nach dem Bekanntwerden des Ergebnisses der von ihm angeregten Befragung Selbstmord durch eine Überdosis Mavrodaphne.

---

[2]   Die Antworten waren übrigens unrichtig.

2. Gemäß Entscheidung der Bundesjugendschutzkammer vom November 2015, Aktenzeichen BJK 2015/ Kyno 200, ist das vorliegende Werk zum Gebrauch als Vorlese- und Einschlafgeschichten zugelassen für Mädchen bis zum vollendeten sechsten und für Knaben bis zum vollendeten siebten Lebensjahr.

INHALTSVERZEICHNIS[3]

---

[3]   Die Zahlen verweisen auf Seitenzahlen

BELLADONNA

oder

Bell A Donna

Der Hund im Liebesrausch und
was man dagegen tun kann.

Stellt das Gebell eines verliebten Hundes dar. Es hat
einen stark musischen, durchaus gefühlsreichen, aus-
drucksstarken, ja ästhetischen Charakter, mit dem er um
Aufmerksamkeit für seine Zuneigung bittet.

Objekt des Verhaltens ist zumeist ein andersgeschlecht-
licher Artgenosse – Hunde sind in dieser Beziehung viel
konservativer als Menschen, Kynosexualität gilt außer bei
Mexikanischen Nackthunden in der Hundegemeinschaft
als stilwidrig – wird allerdings z.b. bei schauspielerisch
oder politisch tätigen Dackeln missbrummend geduldet.
Es kann sich aber das Liebesgebell auch auf einen Menschen beziehen. Das muss nicht notwendig der Eigentü-
mer/Halter sein, es kommen auch andere Bezugsperso-
nen in Betracht, die dem Hund regelmäßig begegnen, wie
Haushälterinnen oder Putzfrauen sowie Nebenerwerbs-
damen. Der kundige Halter kann anhand der Stimmlage
des Gebells unschwer erkennen, auf wen der Hund zielt.
Ein eher unterwürfiges Gebell gilt dem Menschen, ein
mehr herrisches und besitzerergreifendes in der Regel
dem verschiedengeschlechtlichen Artgenossen.

Ungeachtet des insgesamt überwiegend ansprechenden Charakters des Gebells kann seine Dauer oder Intensität sehr auf die Nerven gehen, vor allem, wenn es von Jaulen untermischt auftritt. Dann haben sich kalte Duschen und Abreibungen mit essigsaurer Tonerde nach Pfarrer Kneipp oft bewährt.

BELLAFONTE

oder

Bell a Fonte

Über die Trinkgewohnheiten von Hunden und Stammtische mit Dackeln als Weltkulturerbe.

So wird das Gebell des Hundes bezeichnet, das er nach längerer Wanderung bei trockenem Sonnenwetter und entsprechender Durstbildung beim Anblick einer für unerreichbar gehaltenen Wasserstelle erhebt. Es besteht aus einem langgezogenen Dehnton etwa auf der Höhe von Kammerton »A«.

Kluge Haushalter und z.B. Mitglieder des Sauerländischen Gebirgsvereins oder des Alpenvereins führen zur Vermeidung dieses oft jaulenden, jedenfalls unästhetischen Gebells, das öfter auch zu Konfrontationen mit den Vertretern der Naturschutzbehörden führt, stets eine Flasche Gerolsteiner mit, doch darf es, wenn es dem Hund bekommt, auch Iphöfer Julius-Echter Berg oder Dürkheimer Feuerberg sein. Hinsichtlich der Gabe von Fass- oder Flaschenbier wird jedenfalls von Weizenbieren abgeraten, weil die enthaltene Hefe die Tiere stark blähe. Hiervon gelte nur für das italienische Birra Moretti eine Ausnahme. Nach Ansicht der weltweit führenden Kynologischen Fakultät der Universität von Montreal gilt für Hunde ein ausnahmsloses Pilsverbot.

Drei dagegen opponierende Mitglieder der Fakultät, die sich zum Aktionsbündnis »Pils for German Teckels« zusammengeschlossen haben und zumindest für Dackel eine Aufhebung des generellen Pilsverbotes für den Fall ihrer Teilnahme an einem Stammtisch (Kelleretage) fordern, hat die Fakultät kürzlich ausgeschlossen. Die Betroffenen haben daraufhin beantragt, Stammtische unter Beteiligung von Dackeln in die Liste des Weltkulturerbes aufzunehmen. Sie begründen den Schritt auch damit, dass das von der Fakultät ausgesprochene Pilsverbot für alle Hunde keine allgemein schutzwürdigen Ziele verfolge, sondern nur der Abwehr einer unliebsamen Trinkkonkurrenz diene und schon deshalb rechtswidrig sei. Deshalb verstoße das generelle Pilsverbot auch gegen das von der Fakultät selbst gewählte und bei jeder Gelegenheit gern zitierte Motto »Sciencia solum destinatum est«.

Offenbar eher doch nicht!

BELLE ALLIANCE

Über den Niedergang Napoleons I., die Beteiligung von Schäferhunden an der Erinnerungskultur und den Einfluss des Ereignisses auf den internationalen Fußballsport.

Der Name »Belle Alliance« steht für ein großes landwirtschaftliches Anwesen auf einer leichten Anhöhe nahe der Gemeinde Waterloo[4] bei Brüssel, Belgien. Es entstand aus Anlass einer Eheschließung von Nachbarskindern durch die Zusammenlegung ihrer Höfe etwa hundert Jahre zuvor. Das Hofgut verkörperte Ansehen und Wohlstand.

Dieses Gut stand im Mittelpunkt einer Schlacht, in der am 15. Juni 1815 die vereinigten Engländer und Preußen die Franzosen unter Napoleon I. vernichtend schlugen und diesen für immer aus der europäischen Politik ausschlossen, indem sie ihn auf die Insel St. Helena, abgeschieden in den Weiten des Ozeans, verbannten, wo er 1825 einsam verschied.[5] Die Franzosen gaben der Schlacht den Namen »Belle Alliance«, während in England und Deutschland die Bezeichnung »Waterloo« gebräuchlich ist.

Nur historisch gebildete Schäferhunde, die mindestens den ersten Abschluss für das Lehramt an Sekundarstufen

---

[4] *Loo* steht im Flandrisch-Niederländischen für »Ort«; etymologisch wohl von lateinisch *locus* für »Ort«. »Waterloo« ist demnach der Wasserort.

[5] Vgl. auch Kapitel 14, BELLEROPHON.

besitzen, vermögen sich noch an das Datum 15. Juni 1815 zu erinnern. Alljährlich zu diesem Zeitpunkt entsenden sie eine Abordnung an den Ort des Geschehens, wo sie gemeinsam mit einer Delegation englischer Bulldoggen ein zwanzigminütiges Bellkonzert in der Tonart von Siegesfanfaren veranstalten, mit dem sie die Erinnerung an die Gefallenen wachhalten. Im Anschluss daran lädt die »Societé Française des Chiens Militaires«[6] zu einer gemeinsamen kameradschaftlichen Jagd in die Ardennen ein, die mit einem Umtrunk an den Quellen von Schloss Boullion endet.

Mit der vom üblichen Schlachtnamen »Waterloo« abweichenden Bezeichnung »Belle Alliance« schützen die Franzosen die ihnen bekanntlich enorm wichtige national-militärische Ehre. Reist etwa eine französische Fangruppe zu einem Fußballspiel zwischen Paris St. Germain und dem FC Liverpool nach London und wird sie nahe dem Wembley-Stadion von einer Gruppe englischer Rowdies mit den Worten begrüßt: »Sieh da, die Verlierer von Waterloo kommen zur Wiederholung«, dann können die Franzosen antworten: »Waterloo, nie gehört, was soll das sein? Wir waren nicht dabei« und ihren Weg in eine weitere Niederlage fortsetzen.

---

[6] Vgl. Kapitel 17, BELLUM.

BELAMI

oder

Bell Ami! ./. Ami Bell!

Über sprachliche Mehrdeutigkeiten, das Leben mit Hartz VII sowie Hunde, die vor- und rückwärts bellen können.

Ein Essay über die Vielfalt und Mehrdeutigkeit von Sprache und den vernünftigen Umgang mit ihr.

Ein Freund des Autors besaß vor Jahren einen cremefarbenen Pudel. Ein Tier von unglaublicher Schönheit und liebenswürdiger Art – deshalb kurz »Belami« genannt. Er war ein echter Gigolo, auf dem Kopf ein Krönchen und der Schwanz zu einer Quaste geflochten nach der Manier von Art Déco. Er machte alle Weibsbilder an, vier- und zweibeinige, unterschied bei den letzteren nach der Parfümnote – er stand auf Calvin Klein »Mademoiselle«. Doch als sich der Besitzer des Hundes durch dessen Verhalten plötzlich den Gefahren einer Eheschließung ausgesetzt sah, verkaufte er Belami an einen durchreisenden Chinesen.

Da ist Kevin von einem anderen Schlag. Nachdem er sämtliche erreichbaren Schulformen ausprobiert und vorzeitig abgebrochen hatte, heuerte er 16-jährig als Ultraleichtmatrose auf einem honduranischen Öltanker an, soff mit ihm in der Karibik ab, wurde gerettet und schipperte auf einem griechischen Tanker weiter, soff in der Ägäis erneut ab, trampte nach unerwarteter Rettung nach Hamburg und soff dort endgültig ab. Nach erneuter Rettung und nun statt Kenntnis des Großen Einmaleins im Besitz ausreichender Lebenserfahrung sattelte er um auf Hartz VII. Hartz VII ist Hartz IV plus drei Nebenerwerbe. Montags schneidet er im Kirchhof von St. Jacobi den Rasen, was ihm 20 € und ein reichliches Abendessen bringt, wofür er allerdings die Namen von zwanzig kanonisierten Heiligen samt Geburts- und Sterbejahr fehlerfrei aufsagen muss. Freitags fegt er den Hof vom Autohaus Neumann in Winterhude für 20 €, kein Abendessen, aber auch keine Heiligenbefragung. Mittwoch und Donnerstag sitzt er auf dem Parkplatz von Aldi in Moorfleet und singt Shanties zur Gitarre gegen eine kleine Spende in seinen Hut. Er kommt, wie er sagt, gut durch und hat den ihm von der Arbeitsagentur angebotenen Aufstieg nach Hartz VIII durch Übernahme einer leichten Überwachungstätigkeit des nächtlichen Verkehrs auf der Reeperbahn im Auftrag des Senats nach eigenem Bekunden abgelehnt wegen beruflicher Überlastung.

Neben ihm auf dem Aldi-Parkplatz sitzt sein Mischlingshund. Ein Geschenk eines nach fünfjähriger Militärdienstzeit auf der US-Base Baumholder in die Staaten zurückkehrenden Sergeants. Daher nennt Kevin den Hund einfach »Ami«. Das Tier ist, wie bei Mischlingen üblich[7],

---

[7] Auf die gegenteilige Ansicht von Höcke, *Thüringer Blätter für Rassereinheit und Tierhygiene*, 2015, S. 12–23, sei ausdrücklich hingewiesen.

überaus intelligent und verfügt über erstaunliche Fähigkeiten. Es kann vorwärts und rückwärts bellen, wobei offen bleibt, ob das eine genetische Anlage oder das Ergebnis militärischer Hundeerziehung in Baumholder ist. Spricht man ihn nun an mit »Bell, Ami!«, so bellt er nach Hundeart laut und deutlich vorwärts. Auf den Ruf »Ami, bell!«, tönt dagegen aus seinem Hinterteil ein bellähnliches, leicht blubberndes Geräusch, das von einem milden Müffel begleitet wird sowie von einer Dunstwolke, die allerdings wegen der schlechten Luft in Moorfleet und der Abgase der Dieselfahrzeuge der bekannten Marke auf dem Aldi-Parkplatz nur selten zu sehen ist.

Die Straßenkinder aus Moorfleet und Umgebung sind an den Vorgängen natürlich höchst interessiert und streiten sich über die Frage, wie sich der Hund denn wohl verhalten werde, wenn man ihn mit beiden Rufen gleichzeitig anspricht und ob es dann auch zu gleichzeitigen vor- und rückwärtigen Erscheinungen kommt. Im Raum steht auch die Frage, wie lange denn der Hund, wenn er fortlaufend angesprochen würde, zu der Bell-Leistung imstande sei und ob die Lautstärke schwächer würde, ob eher vorn oder eher hinten. Sie haben vor, das in den folgenden Tagen auszuprobieren.

Einige von ihnen werden wegen der sprachlichen Probleme gewiss zu gegebener Zeit ein Germanistikstudium beginnen.

BELLARIA

oder

Bell Aria

Zur Mitwirkung von Hunden bei Opern-
aufführungen und zum Wettstreit um
den Anne-Sophie-Mutter-Preis.

In dieser an der italienischen Adria nahe Ravenna gelegenen Stadt treffen sich alljährlich die in einem fes-
ten Engagement an einem der führenden europäischen
Opernhäuser stehenden Rau- und Glatthaardackel zu
einem Bellwettbewerb.

Das meist in hohen Tonlagen vorgetragene Gebell
erreicht bewundernswerte Koloraturleistungen. Die Dackeldame Tussi vom Waldhof errang in der Klasse Weib-
liche Koloratur, Kategorie Langhaar, in den Jahren 2014
und 2015 jeweils den ersten Platz und sicherte sich damit
den begehrten Anne-Sophie-Mutter-Preis.

Bei den männlichen Tieren überzeugte Burschi von
der Damm-Mühle des Züchters Müller-Esnaux aus dem
Dorf Dagobertshausen[8] bei Marburg in der Bassklasse,
Kategorie Saufarbene, mit der Ode »Hab drei Leichen

---

[8] Es handelt sich dabei, entgegen vielfach verbreiteter Annahme, weder
um den Geburtsort noch den Wohnsitz des Vermögensverwalters von
Walt Disney.

im Keller« aus der Oper *Ein Hundeleben* von Claudio Montebianco nach Texten von Berthold Brecht. Da er aber beim Dreistrich Fis zweimal patzte, musste er sich mit Platz zwei begnügen.[9]

---

[9]   Der Musikkritiker Wolfram Goertz von der *Rheinischen Post* als Mitglied der Jury schrieb in seinem Bericht über den Wettbewerb, das Fis habe deutlich nach Schiss geklungen.

BELCANTO

oder

Bell Canto

Dackel als Sänger und als Kirchenchor in den
Besitzungen des altfränkischen Hochadels.
Schlimme Folgen falscher Lieder
noch eben abgewendet.

Ein außerordentlich schönes, nahezu melodisches Gebell, nicht in der Art von Herbert Grönemeyer[10], sondern eher auf der Linie der klassischen Harmonielehre, zu
der Dackel nur in relativ seltenen Stimmungslagen fähig
sind. Zur professionellen Vermarktung dieser Fähigkeit
z.B. in den Medien bedarf es längerer Schulung durch einen erfahrenen Korepetitor.

Es sind Dackel beobachtet und abgehört worden, die
die Lieder von Eichendorff (»Wer hat dich, du schöner
Wald«) und Goethe (»An Fluss und Bach«), ja sogar die
Kindertotenlieder von Mahler nahezu werkgetreu abge-
bellt haben.

In der inmitten ausgedehnter, der altadeligen Familie von und zu Guttenberg gehörigen Waldgebiete gelegenen und zum Bistum Würzburg zählenden Gemeinde

---

[10] Wussten Sie, dass H. Grönemeyer eigentlich hatte Sänger werden wollen?

Untersüßholzhausen wohnen die im Dienste des Fürsten stehenden sieben Berufsjäger. Jeder von ihnen besitzt, gewissermaßen von Berufs wegen, zwei Dackel. Zusammen mit dem Dackelspitz des Küsters bilden die 15 Tiere den ehrenamtlichen Kirchenchor der dem Hl. Joseph geweihten Dorfkirche von Untersüßholzhausen. Zum Jahresfest des Hl. Joseph bellten die Dackel versehentlich das Lied »Ein feste Burg ist unser Gott«, das bekanntlich von dem der katholischen Kirche seit langem besonders verdächtigen Thüringer Pfarrer Martin Luther stammt.

Der Bischof von Würzburg, nachdem er von dem Ereignis erfahren hatte, ordnete die Exkommunizierung der Dackel an und für den Dackelspitz, nach einem ordnungsgemäßen und strengen Exorzismus der dritten Stufe, die Verbannung aus dem Bistum. Der zuständige Oberhirte, der Erzbischof von Bamberg, riet aber von so harten Maßnahmen ab und empfahl entsprechend römisch-katholischer, in Missbrauchsfällen jahrhundertelang bewährter Tradition den Vorfall schweigend zu übergehen, weil der etwaige geschlossene Übertritt von 15 Dackeln in die evangelische Kirche ein größeres Übel für den bayrischen Katholizismus bedeuten würde als das gelegentliche Abbellen eines Ketzerliedes in einer entlegenen Dorfkirche. Diese Regelung fand den ungeteilten Beifall des Vatikans, der bayrischen katholischen Bischofskonferenz sowie des Vorsitzenden der CSU. Der Zentralrat der Juden enthielt sich ausnahmsweise einer Stellungnahme zu den Ereignissen.

BELGIER

oder

Bell Gier

Krankhafte Bellneigung und Möglichkeiten der Abhilfe.

Dieses Kapitel dient nicht der Beschreibung des Nationalcharakters der liebenswürdigen Bewohner unseres westlichen Nachbarstaates. Eine solche Beschreibung ist sachlich unmöglich, denn ungeachtet der gemeinsamen Vorliebe für Bier und gutes Essen gibt es keine belgische Nationaleigenschaft. Die Nationalität der Belgier ist vielmehr viergestaltig: Es gibt Franzosen, Niederländer, Deutsche und den König.

Die Rede wird auch hier vom Hunde sein. In diesem Zusammenhang bedeutet »Bell Gier« ein wütendes, teilweise mit gefährlichem Knurren untermischtes, oft stakkatoartiges Gebell, getragen von offenbarem Zorn und unvergleichbarer Wut. Es ist selten, tritt aber immer dann auf, wenn Fremde sich dem eigenen Fressnapf nähern.

Es sind Fälle von Bell Gier beobachtet worden, in denen der Fressnapf oder ein anderer Gegenstand aus dem Besitz des betreffenden Hundes keine Rolle spielt, sondern das Bellen gewissermaßen um seiner selbst willen geschieht – kynologisch »Spontanbellen« oder »Sincausales Bellen« genannt, das aber in Tonlage und Heftigkeit dem oben beschriebenen sogenannten Fressnapfbellen gleichkommt oder zumindest ähnelt. Nur der Austritt des sogenannten Bellschaums aus der Maulhöhle unterbleibt in diesen Fällen zumeist.

Hier kann nur die operative Verkürzung des sublingualen Bellmuskels Abhilfe schaffen. (vgl. dazu auch Kapitel 18, BELLUNO).

BELGRAD

oder

Bell Grad

Einsatz des Hundegebells in der Erforschung des Weltraums und in der Raumfahrt. Hundegebell als Mittel der Zukunftserforschung: Das Morgen schon heute!

Es handelt sich hierbei nicht um akademisches Bellen (Bell grad.), sondern um Probleme der Bellrichtung. Die bereits seit türkischer Zeit – ante Erdogan natum – in der serbischen Hauptstadt gewohnheitsmäßig und ohne besondere behördliche Genehmigung ansässigen Hunde, die sich durch einen besonderen dichten Behang auszeichnen, was auf verwandtschaftliche, aber standesamtlich nicht belegbare Beziehungen zu den Hirtenhunden der pannonischen Tiefebene hindeutet, verfügen über eine unter Hunden einzigartige Belltechnik. Während die beim Bellen von anderen Hunden erzeugten Schallwellen ähnlich den Funkwellen der Erdkrümmung folgen, kann die hier besprochene Hundeart ihre Bellschallwellen[11] so einrichten, dass sich diese abweichend vom eben beschriebenen Normalfall in gerader Richtung ausbreiten.

---

[11] Soweit ersichtlich einziges deutsches Wort mit dreifachem Doppel-Ell!

Das geschieht, indem die Hunde ihre bläuliche Zunge[12] in ähnlicher Weise falten wie die Bewohner Oberbayerns bei der Erzeugung ihres sprachtypischen rollenden »R« (auch »r«). Die Geradeausrichtung der Bellschallwellen führt in Verbindung mit der starken Bellkraft dazu, dass sie sich im All bzw. Off ungehemmt ausdehnen und beim Auftreffen auf einen kosmischen (Mond, Jupiter etc.) oder irdischen (Welltraumschrott) Gegenstand reflektiert und zur Erde zurückgeleitet werden. Dabei nehmen sie die im All aufgenommenen Botschaften mit, was auf der Erde bedeutende Folgen hat.

Um diese Folgen und ihre Bedeutung richtig einzuschätzen, ist ein kurzer Ausflug in die fabelhafte Welt Albert Einsteins erforderlich. Nach den von ihm begründeten Erkenntnissen über das Verhältnis von Raum und Zeit, insbesondere über die Raumzeitkrümmung, wissen wir, dass der Mensch bei einem Raumflug anders altert als auf der Erde. Unternimmt ein Mensch im Alter von 21 Jahren beispielsweise einen längeren Raumflug zu einer weit entfernten Galaxie, um etwa seinen Urahn in einer Erbschaftsangelegenheit zu kontaktieren, so kann es sein, dass er dort im Alter von nur 19 Jahren ankommt – falls er überhaupt ankommt. Aus diesem Umstand erklärt sich übrigens, dass das Interesse von Frauen am Raumflug signifikant höher ist als dasjenige von Männern und dass Frauen im Fall von selbstverschuldeten Verkehrsunfällen mit Totalschaden am teuren, noch nicht bezahlten

---

[12] Verwandtschaft zu Chow-Chow?

Achtzylinder die Aussage des Mannes, er werde sie auf den Mond schießen, nicht als Drohung, sondern als Auszeichnung ansehen.

Beim Rückflug zeigt sich dann allerdings die umgekehrte Wirkung. Die Alterung tritt schnell ein. Der im Alter von z.B. 25 Jahren angetretene Rückflug endet bei der Ankunft in Cape Canaveral oder Baikonur im Alter von 31 Jahren. Frauen, die, der jahrelangen nutzlosen Anwendung von Anti-Aging- und Faltencremes überdrüssig, zum Zwecke der Verjüngung einen Raumflug ins Auge fassen, sollten nur einen Hinflug buchen – selbst auf die Gefahr, den Anspruch auf die Altersrente zu verlieren. Die durch den Hinflug gewonnene Verjüngung zusammen mit dem scheidungsfreien, unaufgeregten und endgültigen Verlust des bisherigen Partners wiegt diesen Verlust bei weitem auf.

Nun aber zurück zu den Hundebellschallwellen. Bei ihrem Rückflug nach Reflektion nehmen sie kosmische Gegenwartsinformationen mit, die sich beim Auftreffen auf die Erde als Zukunftsinformationen darstellen. Diese werden von Bundesnachrichtendienst und Verfassungsschutz weitgehend unerlaubt abgesaugt, analysiert und an ausgesuchte und maßgebende Persönlichkeiten weitergeleitet, wie die Bundesregierung, Anne Will, die *BILD*-Zeitung, Olaf Henkel, Dieter Zetzsche, Meinhard Miegel und den Autor. Martin Winterkorn wurde schon 1978 aus der Liste der Empfänger gestrichen, nachdem bekannt geworden war, dass er in seiner Zeit bei Audi sich in einem Leserbrief im *Ingolstädter Anzeiger* sehr kritisch zu der Verschmutzung der Ingolstädter Altstadt durch Hundekot geäußert und zur Abhilfe dieses Übelstands den Gebrauch von Schusswaffen empfohlen hatte. Das erwies sich später für Winterkorn als nützlich, weil er wegen dieses Informationsverlustes natürlich nichts von den Abgasmanipulationen bei VW gewusst haben kann. Freilich bleibt die gegen Winterkorn gerichtete Maßnahme umstritten, weil nie geklärt wurde, ob der Rat zum Schusswaffengebrauch sich auf die Hunde oder deren Kot bezog.

Die *Niedersächsische Bierzeitung* (Ausgabe Nr. 12 im Jahr 2015) berichtet unter Bezug auf gewöhnlich gut unterrichtete Quellen aus der Hannoverschen Gerüchteküche, dass Winterkorn zum 1. Januar 2016 unter dem Decknamen Dr. Gerstenkorn als Berater in den Dienst des Deutschen Brauerbundes getreten ist. Die von verschiedener Seite (*Protokollblatt Deutscher Stammtische*, Vatertagsausgabe, sowie die *Zentralblätter zur Erzeugung öffentlicher Erregung*, sämtliche, Hamburg) geäußerte Befürchtung, die Berufung Winterkorns werde zu Manipulationen des Alkoholgehalts von Pils und Weizenbieren führen, halten wir für absurd, schon weil es zur Änderung der Etiketten auf den Bierflaschen keiner Software bedarf.

Schauen wir nun, was die reflektierten Hundebellschallwellen[13] über die Zukunft unseres Landes aussagen. Die Klimakatastrophe fällt aus. Das Tauwasser der Süd- und Nordpolgletscher versickert in den Hohlräumen, die durch die jahrelange Öl- und Gasförderung entstanden

---

[13] Wiederhole Anm. 1.

sind. Der Meeresspiegel steigt nur wenige Zentimeter, so dass Bielefeld und Osnabrück nicht Hamburg und Bremen als Seehäfen beerben.

Der Umbau des Autobahnkreuzes Lotte-Osnabrück zu einer Hochseeschleuse wird in letzter Minute gestoppt. Auf dem sich bis an die Stadtgrenze von Hannover erstreckenden Wattenmeer wird in großem Umfang Seetang angebaut, der die Kartoffel als Grundnahrungsmittel abgelöst hat. Die Offshore-Windparks sind außer Betrieb und zum Weltkulturerbe erklärt worden. Elektrizität wird an jedem Ort und in nahezu beliebiger Menge aus dem Magnetismus der Erde gewonnen. Steigende Temperaturen erlauben Weinbau bis in die Höhe von Harz und Erzgebirge, der daraus gewonnene Alkohol deckt den gesamten Treibstoffbedarf. Im Fernsehen sendet ARD im stündlichen Wechsel sämtliche in den vergangenen fünfzig Jahren gezeigten *Tatort*-Sendungen, und im ZDF moderieren Roboter in der Gestalt von Maybrit Illner und Frank Plasberg alle jemals ausgestrahlten Talkshows. Der politische Inhalt der Zeitungen besteht gemäß besonderer gesetzlicher Vorgaben aus den unkommentierten Bulletins des Presse- und Informationsamtes der Bundesregierung, nachdem das Bundesverfassungsgericht die Pressefreiheit solange für gesichert erklärt hat, wie die Bulletins den Verlagen kostenfrei zur Verfügung gestellt werden.

Gesamtwirtschaftlich schädliche Insolvenzen von Brauereien und Banken finden nicht mehr statt, weil diese Unternehmen für Schulden nicht mehr haften. Griechenland, schon länger westlichste Provinz des vormals »IS«

genannten Staates Syrak, zahlt 2114 seine Altschulden zurück und meldet das Stocken neuer Kreditverhandlungen über 100 Millionen Milliarden Neue Euro als erste Tranche eines Hilfspakets. Die Volkshochschule Berlin-Wilmersdorf bietet ein zweitägiges Seminar zum Thema »Deutsche – Rechtsprobleme einer Minderheit« an, und das Statistische Bundesamt teilt mit, der häufigste Name neugeborener Jungen sei im vergangenen Jahr »Google« gewesen.

Außenpolitisch herrscht weiterhin *business as usual*. Papua-Neuguinea hat eine Wasserstoffbombe gezündet und droht, sie gegen Australien einzusetzen. Die EU entsendet daraufhin die unbewaffnete Fregatte »Angela Merkel II« in die Südsee. Im Schatten dieser Krise erweitert Israel die jüdischen Siedlungen im vormaligen Gazastreifen bis nahe der Stadtgrenze von Kairo. Der US-Präsident rät zur Mäßigung. Die Bundesregierung schließt sich an. Der Bundesfinanzminister kündigt an, zur Sicherung der »Roten Hundert«[14] die Kosten der Bundeswehreinsätze im Ausland vom kommenden Haushaltsjahr auf den Margarinepreis aufzuschlagen.

Ist es nicht wunderbar, wie durch Hundegebell ein uralter, durch allerhand Scharlatanerie in Misskredit geratener Menschheitstraum Wirklichkeit geworden ist – nämlich der, einen Blick in die Zukunft zu werfen?

---

[14] Höchstbetrag der Neuverschuldung in Milliarden N.E. (Neuer Euro).

BELLINZONA

oder

Bell in Zona

Erinnerungen an die Nachkriegszeit. Über ontologische Probleme des Nichts. Philosophische und sprachwissenschaftliche Überlegungen zur Hirngleichheit von Männern und Frauen.

In der Tessiner Stadt Bellinzona, zu Deutsch Bellenz geheißen, beginnt eine der kuriosesten Geschichten der deutschen Nachkriegszeit.

Die Siegermächte des Zweiten Weltkrieges hatten, wie üblich, die Beute unter sich aufgeteilt. Polen und die damalige Sowjetunion nahmen sich die deutschen Ostgebiete, Belgien und die Niederlande je ein Zipfelchen Grenzgebiet, und der Rest wurde aufgeteilt in je eine sowjetische, amerikanische, britische und französische Zone. Für Berlin galt Gleiches. Die Zonen waren strikt abgegrenzt, es gab besondere Grenzübergänge mit Zoll- und Passkontrollen. Grenzübertritte zu geschäftlichen oder Besuchszwecken bedurften einer Genehmigung der Besatzungsbehörden.

Um die Kosten einer personalintensiven Grenzsicherung möglichst gering zu halten, beabsichtigten die Alliierten, Hunde einzusetzen. Die Sowjetunion ihrerseits bestand auf Polarbären, was hier weiter nicht verfolgt werden soll. Die Beschaffung geeigneter Hunde erwies sich für die Westmächte als schwierig, England und insbesondere Frankreich wünschten Hunde, die nur auf Englisch oder Französisch bellen sollten. Da das nicht möglich war, einigte man sich schließlich auf die Anschaffung von Hunden, die ausschließlich im Bereich der jeweiligen Zone bellen konnten, deren Bellvermögen außerhalb dieses Gebietes versagte. Mit anderen Worten, jeder Wachhund konnte nur in seiner Zone bellen – sogenanntes zonales Bellen.

In ihren Schwierigkeiten kam den Westalliierten ein Zufall zu Hilfe. Bei einer Zirkusaufführung vor Besatzungssoldaten trat ein Schweizer Künstler mit einem Hund auf, der nur in der Mitte der Manege bellen konnte. Nachfragen des zuständigen Offiziers ergaben, dass die Eidgenössische Technische Universität in Bellinzona das »Istituto per le Cane speciale« unterhielt, in dem schon lange Hunde mit einem räumlich beschränkten Bellvermögen ausgebildet worden waren. Im Angebot waren Hunde, die nur im Garten oder nur im Haus und dort z.B. nur im Esszimmer bellen, oder in Gasthäusern, im Schließfachkeller von Banken, beim Hinterausgang von Bordellen und vieles andere mehr. Die Schweizer verkauften den Alliierten die gewünschte Zahl von Regional- oder Zonenbellhunden, ihrer langjährigen Tradition folgend, zu einem astronomischen Preis. Es handelte sich bei den Hunden um den Großen Sizilianischen Hirtenhund – *Canis Sicilianus Magnus*, Varietà Bellinconese due/quattro – mit einer Risthöhe von 130 cm und einem

Gewicht von 130 kg, mithin das Zehnfache des Gewichts eines Jagdterriers oder Dackels. Das Hirn des Großen Sizilianers hingegen wog mit 200 g nur doppelt so viel wie das Hirn von Jagdterriern oder Dackeln.[15]

Das entspricht nach der maßgebenden Ansicht arbeitender Männer dem Verhältnis der Hirngewichte von Männern und Frauen. Abweichend hiervon vertritt bekanntlich A. Schwarzer die Theorie der Hirngleichheit von Männern und Frauen unter Hinweis auf einen offenbaren Mangel der herrschenden Ansicht von der genderspezifischen Hirnungleichheit. Wenn nämlich, ein in der Praxis bekanntlich nicht unbedingt seltener Fall, das Hirngewicht des Mannes 0 (in Worten: null) beträgt, müsse nach der herrschenden Ansicht von der Hirnungleichheit das Hirngewicht der Frau weniger als null betragen. Das aber sei logisch nicht möglich.

Hier handelt es sich um ein ontologisches Missverständnis des Begriffs »Null« oder »Nichts«. Während Maximalbegriffe stets steigerungsfähig sind, wie Insolvenzsummen, Fußballspielergehälter und Kriegstote zeigen, sind Minimalbegriffe absolut, also nicht steigerungsfähig, und gleichen damit dem absoluten Kältepunkt von 274 Grad Celsius. Das bedeutet: Beträgt das männliche Hirngewicht null, ist das der Frau ebenfalls null. Nur in diesem Fall also trifft die von Schwarzer vertretene Auffassung von der mannweiblichen Hirngleichheit zu. Im

---

[15] Richtig der Hinweis von Schmidt-Würzig im *Jahrbuch für Kynologie und Humanitas*, 2010: S. 113.

Übrigen ist der Streit letztlich unerheblich. Es kommt nicht auf das Hirngewicht an, sondern auf die Funktion des Gehirns, die durch den Hirnstarter bestimmt wird. Der aber ist bei Frauen, ohne dass es hierzu jetzt eines weiteren Nachweises bedürfte, stets größer und aktiver als bei Männern.

Bringen wir unseren Bericht über das Schicksal der Zonenhunde zu Ende. Sie verrichteten ihren Dienst zur Zufriedenheit ihrer Auftraggeber. Nach Auflösung der Besatzungszonen gerieten sie in Vergessenheit. Die Amerikaner übergaben ihren Bestand von 55 Tieren der New Yorker Polizei, die sie vorzugsweise beim Streifendienst in den von Schwarzen bewohnten Stadtteilen Brooklyns einsetzte. Die Briten verkauften die ihren als Balljungen an die zahlreichen Golfklubs auf der Insel. Die Franzosen schickten sie zum Kampfeinsatz nach Vietnam, wo sie bei Dien Bien Phu in vietnamesische Kriegsgefangenschaft gerieten. Nach unbestätigten Berichten sollen sie in den nördlichen, an China grenzenden Provinzen Vietnams der Schulspeisung zugeführt worden sein.

Den Grenzhund, der dem amerikanischen Hohen Kommissar John McCloy zum persönlichen Schutz zugeteilt worden war, schenkte dieser zum Abschied dem ersten Kanzler der neugegründeten Bundesrepublik. Adenauer, der keine Beziehung zu Hunden hatte und auch nie einen besaß, gab dem Hund, ohne sich weiter um ihn zu kümmern, den Namen seines politischen Lieblingsfeindes, Wehner. Wehner, der öfter Ausflüge in der Umgebung unternahm und auch mit der Fähre über den Rhein nach Bonn übersetzte (Adenauer hatte eine Monatskarte für ihn im Fährbüro hinterlegt), wurde bei einer Wanderung durch das Siebengebirge von der Drachenfelsbahn überfahren und tödlich verletzt. Mit Rücksicht auf seinen vormaligen diplomatischen Status erhielt er ein Staatsbegräbnis zweiter Klasse (ohne Wachbataillon und Nationalhymne) auf dem Waldfriedhof von Königswinter. Nach glaubhaftem Bekunden seiner: langjährigen Haushälterin soll Adenauer den Hinschied Wehners mit den Worten kommentiert haben:

»Jezz isser leiderjottseitdank tot, der Wehner, der Hund.«[16]

---

[16] Lesen Sie diesen Satz Ihren Kindern bitte laut vor. Die Stimme des Altkanzlers gehört zu haben, wird für Kinder bis zur Vollendung des zehnten Lebensjahres später ein unvergessliches Erlebnis bleiben.

SAUL BELLOW

oder

Bell!! Low!

Wie der Irrtum des Schriftstellers über den Ruf »Bell!« bittere Feindschaft zweier berühmter Musiker begründete.

Leonard (Lennie) Bernstein und Leopold Stokowski (Stoky) waren als Dirigenten und Komponisten maßgebende Figuren in der amerikanischen Musikszene der zweiten Hälfte des vergangenen Jahrhunderts. Freunde waren sie nicht. Der bei Dirigenten nicht seltene Futterneid stand zwischen ihnen. Stokowski neidete Bernstein dessen kompositorische Bedeutung, und umgekehrt missgönnte Bernstein Stoky seine Erfolge beim Music-Sponsoring des neuen und alten amerikanischen Geldadels. Dass sie aber zu erbitterten Feinden wurden, hängt mit zwei von ihnen dirigierten Konzerten in der Berliner Waldbühne, dem kanadischen Hornisten Bell – und eben Saul Bellow zusammen.

In den Jahren vor der Wiedervereinigung veranstaltete die amerikanische Besatzungsmacht[17] in Berlin allsommerlich amerikanische Musikwochen mit Jazzsessions

---

[17] Die Bezeichnung beruhte auf der noch fortdauernden Sonderstellung Berlins gem. Potsdamer Vertrag.

und klassischen Konzerten in der Waldbühne. Im fraglichen Sommer waren zwei Konzerte vorgesehen, am ersten Tag die Amerikanische Sinfonie für Orchester mit Horn von Steve Forester[18] unter Stokowski und tags darauf Tschaikowskis selten gespieltes Kleines Konzert C-Dur für drei Chöre mit Horn, das Bernstein dirigierte.

Es herrschte in Berlin prächtiges Sommerwetter. Das tagelang über der Stadt liegende Tief Erich 9[19] war überraschend und ohne vorherige Abstimmung mit Frau Claudia Kleinert über Schöneberg und Zehlendorf in die DDR abgezogen. Saul Bellow, der sich zur Entgegennahme des Literaturpreises des Senats von Berlin in der Stadt aufhielt, nahm auf Einladung des französischen Stadtteilkommandanten Pompamoll an beiden Konzerten teil und saß in

---

[18] Ungarischer Komponist jüdischer Abstammung, der als Istvan Waldman (der Name ist auch bei deutschen Dackeln häufig) 1940 in die USA auswanderte und nach Einbürgerung (dank sorgfältiger zeitlicher Planung der Auswanderung und Kenntnis der amerikanischen Gesetze im Schnellverfahren. Einschiffung in Rotterdam mit seiner hochschwangeren Ehefrau auf USS John Tailor mit verlängerter Fahrroute und -zeit wegen deutscher U-Boote. Geburt des Knaben Lajos unmittelbar vor Erreichen des Hafens von New York. Durch Geburt auf US-amerikanischem Schiff war Lajos US-amerikanischer Staatsbürger und hatte als solcher das Recht, die Einbürgerung seiner Eltern zu verlangen. Also erschien Vater Istvan vor der Einbürgerungsbehörde und beantragte als gesetzlicher Vertreter seines neugeborenen Sohnes Lajos seine und seiner Ehefrau Julischka Einbürgerung. Das geschah. Lajos, Berufssoldat, fiel 1966 in Vietnam) den anglisierten Namen Steve Forester annahm.

[19] Berliner Tiefdruckgebiete erhielten im Sommer den Vornamen des Staatsratsvorsitzenden der DDR mit Zusatzzahl. Die »9« weist darauf hin, dass es ein ziemlich nasser Sommer gewesen sein muss.

der ersten Reihe zusammen mit der Witwe Forester.[20] Solist war an beiden Tagen der kanadische Hornist William Bell, für seine Virtuosität und Klangstärke berühmt. In der kleinen Pause zwischen dem einleitenden *Allegro* von Forsters Amerikanischer Sinfonie und dem nachfolgenden *Largo majestoso* gab Stokowski dem neben dem Dirigentenpult sitzenden Bell, der geblasen hatte, das ihm die Backen zu platzen drohten, ärgerlich eine Anweisung mit den Worten »Bell!! Low!«. Saul, der glaubte, Stokowski habe ihn gerufen, stand auf und rief laut: »Yes Sir«, was Gelächter erzeugte. Stokowski setzte das Konzert fort und klärte den Sachverhalt anschließend mit Saul Bellow in einem freundschaftlichen Gespräch.

Danach bat er den Hornisten Bell zu sich und schärfte ihm ein, sein Hinweis an ihn habe nur für das heutige Konzert gegolten, bei dem folgenden Konzert unter Bernstein müsse er volle Klangstärke abliefern, weil Bernstein das verlange. Der Hornist Bell tat das, was Bernstein so erboste, dass er noch während des Dirigats zornesrot rief: »Bell! Low!« und »B E L L !! L O W !!«

Bellow reagierte diesmal nicht, fragte aber nach dem Konzert Bernstein, warum er ihn denn gerufen habe. Bernstein verstand die Frage überhaupt nicht, und erst als sich der Hornist Bell in das Gespräch einbrachte und

---

[20] Julischka, geb. Nagy (gespr. Nodsch), Cousine von Imre Nagy, der als Vorsitzender der Partei der Kleinen Bauern zusammen mit Obrist Pal Maleter maßgeblich den ungarischen Aufstand von 1957 trug – auf sowjetische Anweisung zum Tode verurteilt und hingerichtet. Eine Untat der Sowjets, an die zu erinnern der Autor sich verpflichtet fühlt.

von der Anweisung Stokowskis berichtete, klärte sich der Sachverhalt auf.

Seitdem waren Leonard Bernstein und Leopold Stokowski in ebenso herzlicher wie inniger Feindschaft verbunden.

BELMONDO

oder

Bell Mondo

Zuchtversuche für einen einheitlichen
Weltgroßhund in der Picardie.

Der Schauspieler und Sänger Jean-Paul Belmondo
besitzt in der Picardie im Norden Frankreichs ein
großes, landwirtschaftlich genutztes Anwesen. Auf diesem betreibt er eine umfangreiche Hundezucht mittels
eines ausgesuchten Bestandes an Zuchthunden verschiedener Rassen. Dazu gehören ausschließlich Großhunde
wie Doggen, Setter, Dobermänner und -frauen, Deutsche
und andere Schäferhunde, Berner Sennen- und Ungarische Hirtenhunde, Airedales und andere. Sein Ziel ist die
Züchtung eines weltweit gleichartigen Großhundetyps
durch Zusammenfassung der verschiedenen Rassen, Ar-
ten, Färbungen und Verhaltensweisen zu einem weltweit
einheitlichen Erscheinungsbild.

Der Hund neuen Typs soll über eine bisher unerreichte
Bellkraft verfügen, fähig, mit einem einzigen Bellton
Sprengfallen über eine Entfernung von zehn Kilometern
auszulösen. Er benutzt dabei deutsche Erfahrungen der
Dreißigerjahre des letzten Jahrhunderts bei der Schaf-
fung eines europaweit einheitlichen Hühnerbestandes
durch Züchtung des braunen Reichshuhns. Diese war

1940 unter dem Eindruck des nahen Endsiegs abgebrochen worden, weil es nicht gelang, das Huhn zu bewegen, mindestens jedes zweite Ei mit einem Hakenkreuz auf der Oberschale zu versehen. Belmondo ließ deshalb auch den Plan fallen, das Rückenfell des einheitlichen Weltgroßhundes in den Farben der Tricolore zu halten und ihn mit einer Bellvariante in Anlehnung an die ersten beiden Takte der »Marseillaise« zu versehen.

Das Ziel des einheitlichen Weltgroßhundes verfolgte er übrigens nicht um seiner selbst willen. Der »Hund neuer Art« sollte vielmehr den bisher unterschiedlichen Bestand an Rettungshunden ergänzen. Seine überzeugende Bellkraft sollte bei Naturkatastrophen und Terrorangriffen, z.B. Selbstmordattacken gegen Brauereien, Winzergenossenschaften, Getränkegroßmärkte o.ä. hilfreich eingesetzt werden. Würde z.B. die Oberpfalz von einem Erdbeben erschüttert, könnten durch konzentriertes Bellen von zehntausend in München nahe der Bayrischen Staatskanzlei stationierten Großhunden die Bewohner des Riesengebirges oder der Beskiden gewarnt werden. Ebenso könnten bei einem Tsunami vor Feuerland die Bewohner Helgolands rechtzeitig evakuiert werden. Große Ersparnisse, so Belmondo in einem Artikel in *France Soir*, würden sich weltweit aus der Vereinheitlichung der Fressvorgänge und der Verringerung der Futterkosten ergeben.

BELLOTTO

oder

Otto, bell! oder Bell, Otto

Welcher Otto? Otto von Bismarck,
von Habsburg oder von Wittelsbach?
Ach ja, Otto Schily!

D er italienische Maler Bernardo Bellotto, so genannt
nach seinem Lehrer Canale, schuf als Hofmaler die
grandiose Ansicht der Dresdener Altstadtkulisse vom Neu-
städter Elbufer aus gesehen. Einen Link zwischen ihm und
dem Gebell von Hunden herzustellen erscheint schwierig,
zumal es zu seinen Lebzeiten (1720–1780) heute verbrei-
tete und bekannte Hunderassen noch nicht gab, wie Dackel und Pudel, aber auch blöde Hunde (*Canis miserabilis*)
oder Schweinehunde (*Canis majalis intestinus*).[21]

Also Fragen über Fragen – und keine Antwort in Sicht.

Beginnen wir unsere Untersuchung systematisch mit
Otto Bell. Der Autor kennt persönlich nur Otto Fröhlich aus

---

[21] Früheste Belege zum Blöden Hund bei Luther *Von der Freiheit eines
Christenmenschen* und zum inneren Schweinehund bei Fichte *Reden an
die Deutsche Nation*, zum äußeren S.H. Cicero in den Senatsreden (lü-
ckenhaft). Aus dem neueren Schrifttum die verdienstvolle Göttinger
Dissertation *Über die Meinungsfreiheit blöder Hunde als Verfassungs-
problem. Ein Beitrag zur Exegese von Art. 5 GG* sowie die informative
Broschüre *Schweinehund und Blöder Hund – Brüder im Geiste?*, heraus-
gegeben von der Bundeszentrale für politische Bildung.

Cölbe, Heinz Otto aus Gelsenkirchen und Otto Witte aus Kapellen. Alle haben nachweislich keinen Hund und entfallen somit für die weiteren Betrachtungen. Einen Mann mit Namen Otto Bell wird es sicher geben, vielleicht ein älterer Bruder von Graham Bell, dazu Näheres in Kapitel 20.

Als zweite Möglichkeit einer Analyse bietet sich Bell, Otto! an. Hier kommen zwei Variationen in Frage. Erstens kann ein Mensch einen Hund namens »Otto« zum Bellen auffordern (Variation 1) oder einen anderen Menschen mit Namen Otto (Variation 2). Die erste Variation ist unwahrscheinlich, da Hunde den Namen Otto aus gesundheitlichen Gründen nicht vertragen. Bleibt Variation 2: Ein Mensch fordert einen anderen Menschen, der Otto heißt, zum Bellen auf. Wenn das zwischen Fremden geschieht, wenn ich etwa an einer Bushaltestelle zufällig einen Passanten, der ebenso zufällig Otto heißt, auffordere zu bellen, kommt das einer Beleidigung nahe und kann in einer Prügelei enden. Es bedarf also zwischen den Beteiligten einer näheren zwischenmenschlichen Beziehung, sei es Ehe, Verwandtschaft oder Freundschaft.

Zahlreiche Menschen kommen als Träger des Namens Otto in Betracht. Bedeutende Namensträger sind Otto der Große (Magdeburg), Otto von Habsburg, Otto von Bismarck, Otto von Wittelsbach oder Otto Gebühr. Alle schon tot. Hier wäre zumindest zeitaufwändigeres Studium von Biografien oder Sichtung von Nachlässen nötig. Otto Waalkes und Otto Schily leben noch.

Beginnen wir also unsere Nachsuche mit Otto Schily. Hat er überhaupt einen Hund? Wir erkundigen uns schriftlich beim Steueramt seiner Wohnsitzgemeinde, ob dort ein Hund auf den Namen des Halters Schily, Otto, steuerlich erfasst bzw. zum Betreten des städtischen Rasens zugelassen ist. Das Stadtsteueramt gibt die Anfrage irrig, aber zuständigkeitshalber an die Kraftfahrzeugzulassungsstelle zur weiteren Bearbeitung ab.[22] Nach weiteren sechs Wochen teilt uns dieses Amt mit, auf den Namen Schily, Otto, sei kein Hund, sondern ein Kastenlieferwagen Marke Ford, Modell Rapido, zugelassen, ob der den tierschutzrechtlichen Bestimmungen für den Transport von Hunden entspreche, sollten wir beim Veterinär- und Tierseuchenamt der Stadt erfragen. Daran nicht interessiert, wenden wir uns erneut an das Stadtsteueramt und erfahren nach wiederum sechs Wochen, dass dort ein Hund mit Namen Schily, Otto, nicht registriert, erfasst oder zugelassen ist.

Das erstaunt uns zunächst, weil Otto Schily weiland Bundesinnenminister und damit Chef der Polizei war, für welche Funktion ein harter Hund meist als nötig gilt. Es haben aber alle Bundes- und Landesinnenminister seit 1945 bis heute stets bestritten, ein solcher zu sein. Erst mit den Vorfällen am Kölner Hauptbahnhof haben sie erkannt, dass es nicht Hauptaufgabe der Polizei ist, Großmütter mit Rollator über die Straße zu geleiten oder entwichene Bienenvölker[23] einzufangen und sich sofort mit einem Original Solinger Taschenmesser ausgerüstet, das

---

[22] Ein häufiger und beliebter Behördenfehler.
[23] Dazu vgl. §§ 961–964 in *Bürgerliches Gesetzbuch*.

er bei Fernsehauftritten sofort vorzeigt, um den Eindruck der Weicheierei weiterhin zu vermeiden. Wie schön, dass unsere politischen Eliten so flexibel sind. Das lässt für die Zukunft auch auf anderen Sachgebieten Gutes erwarten.

Kümmern wir uns also um die verstorbenen Ottonen. Schnell werden wir fündig – bei Otto von Bismarck. Er hat mit Haushaltsstreit und Heeresreform in Preußen eine Staatskrise zugleich ausgelöst und auf seine Art beendet. Dabei war er mit dem bisher eng befreundeten Ludwig von Gerlach, Herausgeber der stockkonservativen *Kreuz*-Zeitung, in eine nahezu feindselige Gegnerschaft geraten, die ihre Höhepunkte darin fand, dass von Gerlach seine Bindung an die bisher gemeinsame Rotweinmarke aufgab und von Nuits St. Georges zu Vosne Romanée wechselte. Bismarck litt unsäglich unter dieser zerbrochenen Freundschaft. Weinend gestand er seiner Frau Johanna, geb. von Puttkammer, er habe Gerlachen vielfach und ausdauernd mit Engelszungen zugeredet, den Widerstand gegen seine, Bismarcks alternativlosen Pläne aufzugeben; stets erfolglos, ja, Gerlach habe seinen Widerstand eher noch verstärkt. Er sei außerstande zu weiteren Bemühungen in diese Richtung und denke eher an Amtsverzicht.

Johanna soll geantwortet haben: »Mit Engelszungen?«, und nachdem von Bismarck dies brummend bejaht hatte, soll sie in dem ihr manchmal eigenen preußischen Kasernenton mit scharfer Stimme geantwortet haben:

»BELL, OTTO!«

BELPAESE

oder

Über die Bedeutung des Hundegebells
in der Milchwirtschaft.

Belpaese ist eine halbfeste italienische Käsespezialität. Menschen mit grobem Sinnesempfinden, die literarisch, sagen wir mal, eher auf *BILD* oder *Tom Prox* angesiedelt sind, halten den Käse für geschmacklos, was angesichts des grauenvollen Geschmacks und Geruchs, den manche Käse vor allem im Falle der Überlagerung entwickeln, durchaus auch als lobende Anerkennung gewertet werden kann. Andere, die z.B. gern Lieder von Robert Schumann nach Texten von Goethe hören und vor dem Einschlafen[24] Rilke lesen, empfinden gerade den ausgeprägt schwachblumigen Geschmack des Käses als höchsten Genuss. Dieser entsteht, wenn die Käselaibe während ihrer Reife einem leichten, fast zärtlich anmutenden Hundegebell ausgesetzt werden.

Als wegen des würzigen Aromas ihrer während des Bellens ausgestoßenen Atemluft besonders geeignete Hunderasse haben sich italienische Zwerg-Berg-Pinscher *(Pincus montanus minor)* der Varietäten Abruzzese oder Trentino-Dolomiti erwiesen, die mit den Käselaiben in noch aus venezianischer Zeit stammende Gebirgshöhlen

---

[24] Auch allein.

eingesperrt werden. Noch bis zum Zweiten Weltkrieg befanden sich die Tiere dort ohne Nahrung und Trank, was nach nur zwei Wochen ihren sicheren Tod zur Folge hatte. Die Besitzer der Käsereien nahmen das in Kauf wegen der bei den Verbrauchern vorherrschenden Auffassung, dass die beim Bellen sterbender Hunde ausströmende Atemluft eine besondere Würze des Käses bewirke. Hier brachte erst nach dem Kriegsende die moderne Arbeitsschutzgesetzgebung Abhilfe, die auch Arbeitshunden im Jagdwesen, im Polizei-, Sicherheits-, Rettungs- und Blindendienst, in der Unterhaltungsindustrie (Zirkus, Film, Talkshows) die Möglichkeit zu gewerkschaftlicher Organisation und damit zu einer Verbesserung ihrer Arbeitsbedingungen gab. *Pincus montanus minor* wird seitdem zur Käsewürzung nicht mehr bis zum Ableben, sondern nur noch im Schichtdienst, maximal 36 Stunden, eingesetzt.

Ein in der nordhessischen Wurstregion um Kassel unternommener Versuch, auch Würste mittels der Atemluft bellender Hunde zu aromatisieren und dadurch das kosten- und zeitaufwändige Räuchern zu ersparen, scheiterte. Von den in einem aufgelassenen ehemaligen Braunkohlenschacht am Hohen Meißner zusammen mit den Würsten eingesperrten Würzhunden waren nach 36 Stunden nur noch die letzteren übrig.

Nach Gründung der Europäischen Wirtschaftsgemeinschaft stieg die Nachfrage nach italienischen Lebensmitteln stark an. Um sie zu befriedigen, musste die Verbellung der Käse beschleunigt und ihre Reifezeit verkürzt werden. Die Hersteller setzten daher zur Fermentierung der Käselaibe zunehmend prinzipiell ungeeignete, aber billigere Hunderassen ein, wie den kroatischen Mops *(Mopus hrvatska)* oder gar den süditalienischen Straßenhund *(Canis calabrese vialis)* – was natürlich die Qualität der Produkte und den Absatz drastisch sinken ließ. Das Aufkleben eines einfachen Buttons mit dem Begriff »BIO« unter gleichzeitiger Verteuerung der Ware um 20% brachte, wie üblich, keine Verbesserung. Neuerdings kommt der Käse in einer Verpackung auf den Markt, die das Bild eines *Pincus montanus minor* zeigt mit der Umschrift:

NUR ECHT MIT DIESEM HUND.

BELLEROPHON

oder

Bell-Verstärkung

Zu den Ehegewohnheiten griechischer Halbgötter, einer Schiffsreise Napoleons I. und
dem Bellverstärker für Kleinsthunde
sowie dessen Einsatz in der Raumfahrt.

Bellerophon war einer der zahlreichen griechischen
Halbgötter, unbedeutend, aber maulvoll in jeder Beziehung und bei Zeus unbeliebt wegen seines aufwän-
digen Lebenswandels und der damit verbundenen, von
der olympischen Kasse zu tragenden Kosten. Er war in
erster, zweiter und dritter Ehe verheiratet mit der germanischen Elfe Runhild, deren gesellschaftlicher Rang
dem der Moderatorin eines privaten Fernsehsenders entspricht, der Regenschirm, Gummistiefel, Pfefferspray,
Kopfschmerztabletten und andere Verhütungsmittel be-
wirbt. Er zeugte mit ihr dreißig Kinder, von denen aber
nur neun lebend das Licht der Welt erblickten. Das war
eine Fehlerquote von 30%. Diese kommt dem von der
Deutschen Automobilindustrie bezüglich des Stickoxyd-
und Zeh-Oh-Zwei Ausstoßes von Diesel-Pkw errechne-
ten Fehler nahe.

Gleichwohl war Bellerophon Namensgeber für das englische Kriegsschiff, das Napoleon I. nach der Niederlage von Waterloo[25] von der Île de Ré nach St. Helena brachte.

In der Kynologie ist Bellerophon ein elektronisch betriebenes Gerät zur Verstärkung der Bellwirkung von Hunden. Es hat die Form einer Tüte, die Dackel, Rehpinscher, Tibeter Tempelhunde und andere Kleinhunde über Kopf tragen und Schäferhunden, Settern, Doggen, Airedales sowie Dobermännern und -frauen um den Hals gehängt wird. Das Gerät bezieht seine Energie aus kleinen Solarzellen, ist also bei Dunkelheit nur eingeschränkt benutzbar. Ein mit der stofflichen Ausscheidung der Tiere betriebenes Batteriesystem ist nach Berichten der *FAZ* in Vorbereitung.

Die Wirkung des Gerätes ist je nach Konfiguration zweifach. Entweder wird die Lautstärke im räumlichen Normalbereich verstärkt (Stufe 1) oder die Reichweite des Gebells vermehrt (Stufe 2). Wird z.B. ein Rehpinscher oder ein Dackel mit dem Schutz vor Einbrechern beauftragt, so vermag der mit einem Gerät nach Stufe 1 ein Geräusch von der Stärke eines mittleren Sommergewitters zu erzeugen, das selbst Profis oder Hobbyeinbrecher aus .... [26] abschreckt. In der Großen Raumfahrt[27]

---

[25] Siehe dazu Kapitel 3 über Belle Alliance.

[26] Der Leser kann hier das Herkunftsland seiner Einbrecher nach Belieben eintragen. Das dient seinem Schutz vor politischer Verleumdung in einer Zeit, in der von Medien und Behörden schon jeder als »Rechter« eingeordnet wird, der nicht täglich Karl Marx in sein Abendgebet aufnimmt.

[27] Entfernung jenseits des Planeten Mars.

wird der Kontakt zwischen der Fähre und der Bodenstation mittels Funkverkehr oder akustischer Morsezeichen hergestellt. Bei einem auf 15 Jahre angelegten Raumflug zur Galaxie ACX5-10, etwa um der dortigen Kolonie rechtzeitig zum Fest Weihnachtsbäume zuzustellen, kann die akustische Kommunikation mit der Fähre durch ein Bellerophon bis zu der nach Ablauf von zehn Jahren zurückgelegten Flugstrecke aufrechterhalten werden.

Einzige Voraussetzung ist die Einstellung auf Stufe 2.

Welch ein Fortschritt gegenüber den bisherigen störanfälligen Systemen!

BELSAZAR

oder

Bell sah Zar

Wieder einmal: Deutsch-russische Verstimmung durch eine Hundeattacke. Warum Russland in den Ersten Weltkrieg eintrat und der traurige Exiltod eines Hundes im Jahre 1921.

Feldmann, der Lieblingsdackel des Deutschen Kaisers Wilhelm Zwo, hatte eine Schwester, Bella mit Namen. Als Folge einer Mesalliance mit Franz-Ferdinand, einem Dackel-Spitz-Mischling, der dem Hausmeister des Auswärtigen Amtes in der Wilhelmstraße gehörte, gebar sie beim zweiten Wurf sieben Rüden, die, hätten sie länger gelebt, sicher unter die Nürnberger Gesetze gefallen wären. Nur einer jedoch, ein hässliches, allenfalls dackelähnliches Geschöpf überlebte. Unauffällig existierend lebte er zunächst ohne Namen, machte aber alsbald durch eine Besonderheit auf sich aufmerksam: Er bellte nicht. Das Küchenpersonal der kaiserlichen Hofhaltung im Berliner Schloss, wo er sich vorwiegend aufhielt, versuchte, ihn durch andauernde aufmunternde Zurufe wie »Bell« oder »Bell doch mal« zum Bellen anzuregen. Vergeblich! Selbst das Versprechen eines Wildschweinknochens fruchtete nicht. Immerhin erhielt er durch die ständige Aufforderung »Bell« schließlich den Namen Bell, was ja auch die Abstammung von der Mutter Bella dokumentierte und somit in Ordnung war.

Im Herbst 1911 besuchte der russische Zar Nikolaus Zwo mit Gefolge seinen Vetter Wilhelm Zwo in Berlin. Als Nikolaus den Großen Saal betrat, in dem Wilhelm ihn freundschaftlich erwartete, stürmte unerwartet durch eine Seitentür Dackel Bell herein. Als er den Zaren erblickte, rannte er laut und zornig bellend auf ihn zu, sprang ihn wütend an, versuchte, ihn in den Stiefel zu beißen, und, als ihm das nicht gelang – man scheut sich, bei einer so hoch gestellten Persönlichkeit das Wort zu gebrauchen –, pinkelte er ihm auf die Füße. Schließlich gelang es dem Fürsten Woronzow, Adjutant des Zaren, diesen von dem Angreifer zu befreien. Seither brach Bell stets beim Anblick von Schaftstiefeln in ein wütendes, langanhaltendes Gebell aus, wozu er bei den damals in Preußen/Deutschland herrschenden Verhältnissen reichlich Gelegenheit hatte. Diesen Einfluss von bestimmten Ereignissen auf Verhaltensweisen kennt man ja auch beim Menschen.

Nicht wenige Männer küssen jahrelang keine einzige Frau und dann nach Heirat eine bestimmte Frau jahrelang andauernd – umgekehrt küssen andere Männer alle Frauen ständig, heiraten dann eine und küssen sie nie mehr. Das ist also gewissermaßen das Menschliche im Dackel.

Wilhelm Zwo war der ganze Vorgang natürlich peinlich. Er schenkte dem Zaren wenig später ein Paar Stiefel aus echtem Trakehner Pferdeleder mit der Goldprägung »N.R.« an den Schafträndern.

Wirklich ein nobles Geschenk!

Der Vorfall geriet natürlich auch an die Presse; Kaiserfreund und Russlandgegner Philipp Eulenburg wurde als Maulwurf verdächtigt. Die deutsche Öffentlichkeit war amüsiert, die russische zeigte sich empört. In den Jahren nach dem Ersten Weltkrieg kamen Stimmen auf, die in dem Vorgang und der darin enthaltenen Kränkung des Zaren den maßgeblichen Grund für den Kriegseintritt Russlands an der Seite Frankreichs und Englands sehen wollten. Tatsächlich befindet sich im russischen Staatsarchiv von St. Petersburg das Original eines Briefes Lenins an einen gewissen Nikolaus mit der Aufforderung: »Gib denen wegen der Dackelgeschichte eins aufs Maul!« Lenin, der den Krieg und die notwendige Niederlage Russlands scharfsinnig als Voraussetzung der Revolution betrachtete, soll, so die zeitgeschichtliche Forschung, den Brief geschrieben haben in der Absicht, den zunächst zögerlichen Zaren zum Kriegseintritt zu drängen. Andere halten den Brief für eine Fälschung, weil er auf den 28. Juli 1914 in Wien datiert ist, obwohl Lenin an diesem Tage nachweislich in der Schweiz war. Dem halten wieder andere entgegen, Lenin sei sich seiner Überwachung durch die Ochrana auch in der Schweiz wohl bewusst gewesen und habe daher seinen Brief durch einen Mittelsmann nach Wien expedieren lassen.

Vieles ist vage, vieles auch bloße Spekulation. Jedenfalls aber dokumentiert die Angelegenheit den Eintritt des Dackels in die Welt der Diplomatie und der Großen Politik.

Dackel Bell behielt fortan seinen aus dem Ereignis (»... sah den Zaren ...«) hergeleiteten Namen Belsazar. Er starb 1921 im Exil in Appeldoorn.

BELLETRISTIK

Das Gebell von Hunden und die sogenannte
Schöne Literatur. Hunde und Papageien
können deutsch! Warum der Papagei
von Sigmar Gabriel ihn nicht mit
»Guten Morgen, Herr Bundeskanzler«
anspricht und warum Ralf Stegners Papagei
ihn mit »Moin, moin, Herbert« begrüßt.

Zu den im jährlichen Wechsel in zwei Gutshöfen im
ländlichen Niederbayern und der Lüneburger Heide
stattfindenden Belletristik-Wettbewerben sind, um die
Zahl geeigneter Teilnehmer in praktikablen Grenzen zu
halten, nur saufarbene Hunde mit Abschluss zugelassen.
Bei diesem Wettbewerb geht es nicht darum, ganze Texte
aus der belletristischen Literatur bellend abzubilden. Das
wäre einerseits mit Texten aus Goethes *Die Leiden des
jungen Werthers* oder Siegfried Lenzens *So zärtlich war
Suleyken* auch für begabte Hunde zu schwierig, während
andererseits die bellförmige Darstellung eines vorbei-
zischenden Indianerpfeils oder eines Schusses aus der
doppelläufigen Winchesterbüchse nach Texten von Karl
May auch für Hunde mit abgebrochener Bellschulung ein
Leichtes wäre – beides also kein geeigneter Gegenstand
für einen Bellwettbewerb.

Hier geht es vielmehr darum, den Namen eines belletristischen Schriftstellers bellend auszusprechen. Letztjährig

ging der mit einer Pfunddose Thüringer Schlackwurst do-
tierte, von der Bezirkssparkasse Apolda gesponserte Preis
an die Dackeldame Jutta von der Jungfernheide, die als
einzige den Namen »Johann Wolfgang von Goethe« fehlerfrei bellte und dabei auch die schwierige Differenzie-
rung zwischen »von« und »van« meisterhaft bewältigte.
Die Preisvergabe war allerdings lebhaft umstritten, weil
die Gewinnerin alle bisherigen Lebensjahre in Weimar
verbracht hatte, was als unangemessener Standortvorteil
kritisiert wurde. Beim diesjährigen Wettbewerb zog die
Jury daraus Konsequenzen. Zwei Hunde vermochten
den Namen des Schriftstellers Siegfried Lenz fehlerfrei
zu bellen, wobei einer den Vornamen zusätzlich mittels
Schwanzwedelns rhythmisch taktierte, was aber, da
nicht Gegenstand des Wettbewerbs, keine Zusatzpunkte
brachte. Radomir, genannt Rado, der eine Sieger, stammt
aus dem ehemaligen Lyck, Geburtsort von Lenz, der andere, Fietje, aus Hamburg, Lenzens letztem Wohnort.

Der Preis wurde zwischen beiden geteilt – weil beide
einen Standortvorteil besaßen.

Übrigens gibt es zahlreiche Beispiele, wie Tiere Begriffe
aus der Welt der Menschen nicht nur in ihrer, sondern
auch in der menschlichen Sprache darzustellen vermögen,
Papageien zum Beispiel nach einem geeigneten Coaching.
Dem SPD-Vorsitzenden Sigmar Gabriel etwa schenkte
seine Ehefrau zur Hochzeit einen Papagei, der den Satz
»Guten Morgen, Herr Vizekanzler« sauber bellte. Der
Versuch, ihm auch »Hallo, Herr Bundeskanzler« beizu-
bringen, scheiterte. Der SPD-Fraktionsvorsitzende im

Landtag von Schleswig-Holstein, Ralf Stegner, versucht dem Vernehmen nach schon länger, seinem Papagei Lora den Satz »Moin Moin, Herr Bundesminister Stegner« durch einen eigens angeworbenen Papageiencoach beibringen zu lassen. Der Vogel sagt stattdessen immer »Moin Moin, Herbert«. In der SPD ist die Deutung des Vorgangs umstritten. Stegners Freunde werten den Spruch als Gleichstellung Stegners mit Herbert Wehner, dem nach ihrer Ansicht bedeutendsten SPD-Politiker der Nachkriegszeit. Stegners politische Gegner sehen die Dinge anders. Das Verhalten des Papageis beruhe auf einer Verwechslung, weil das Gesicht Stegners, selbst wenn er eine baldige Erhöhung des Mindestlohns auf 12 € verspricht, stets ebenso mürrisch und übellaunig erscheint wie das des verstorbenen Herbert Wehner. Für die politische Karriere Stegners sei, so sagen selbst wohlmeinende Kritiker, ein kalochirurgischer Eingriff unabweisbar.

In den hier beschriebenen Fällen und gewiss auch darüber hinaus wurden die erfolglosen Papageiencoachs fristlos entlassen. Wir erkennen, dass Papageiencoachs ein extrem hohes Berufs- und Beschäftigungsrisiko tragen. Die Bundesagentur für Arbeit hat daher die Ausbildungsförderung hierfür ersatzlos gestrichen.

BELLUM

Dackel im Kriegseinsatz.

Die Verwendung von Hunden, die unter Einsatz ihres Lebens Minenfelder für die nachrückende Infanterie freisprengen sollten, hatte sich im Ersten Weltkrieg nicht bewährt. Wegen der zur Minensprengung notwendigen Trittschwere waren nur große Hunde dafür geeignet, die für die feindlichen Maschinengewehre ein einfaches Ziel darstellten und deshalb das Operationsgebiet kaum lebend erreichten.

Die Oberste Heeresleitung, die schon Ende 1919 die Wiederaufnahme der Feindseligkeiten gegen den Rest der Welt für das Jahr 1950 vorgesehen hatte, entschloss sich daher für den Einsatz kleinerer Hunde und experimentierte zunächst mit Mexikanischen Nackthunden und weiblichen Chihuahuawelpen, doch scheiterte die Beschaffung der notwendigen Versuchstiere an der notorischen Devisenknappheit des Deutschen Reiches. Man entschied sich deshalb für den Einsatz des heimischen Dackels. Für den massenhaften Einsatz in Überzahl waren Dackel erforderlich, die zu markerschütterndem Gebell in Tieflagen ebenso fähig waren wie zu nervtötendem Gejaule, alles auf Funkbefehl ausgelöst, um den Feind zu verwirren. Bei Versuchen hatten sich schwarze Glatthaardackel der Varietät 17 minus Alpha Hybride als besonders geeignet erwiesen. Die Tiere litten allerdings

unter einer besonders niedrigen Fertilität, die sich nach
der Formel

$$\frac{16 - 1\sqrt{365}}{X \times Y}$$

errechnet.

Dabei seht x für die Wurfdichte in der Zeiteinheit,
wogegen y die Zahl der überlebenden Welpen bestimmt.
Nach diesen Produktionszahlen war die von militärischer
Seite vorgesehene Zahl von 900.000 Kampfdackeln erst
im Jahre 1962 erreichbar, weshalb der Krieg unabhängig
von seinem tatsächlichen Beginn bis zu diesem Jahr hätte
fortgeführt werden müssen. Unberücksichtigt blieb dabei,
ob die Dackel wegen ihrer rassisch bedingten Schwerer-
ziehbarkeit das Ausbildungsziel überhaupt erreichen würden. Es hätte hierzu des massenhaften Einsatzes von Psy-
chopharmaka bedurft, gegen den sich die Grünen unter
Claudia Roth immer wieder ausgesprochen hätten. Die
Bundeswehr hätte demgegenüber auf einer Dopingkon-
trolle durch den Deutschen Radsportverband oder den
VW-Konzern bestanden.

Tatsächlich hat die Bundeswehr deshalb zu keinem
Zeitpunkt über einsatzfähige Kampfdackel verfügt. Le-
diglich hundert aufblasbare Gummidackel als Attrappen
zu Täuschungszwecken waren gelagert. Das hängt mit
dem völligen Misserfolg des Kampfdackeleinsatzes im
Zweiten Weltkrieg zusammen. Bei Kriegsbeginn waren
zwei Einheiten zu je fünfzig Dackeln vorhanden. Die
eine desertierte bei der Besetzung Dänemarks geschlos-
sen beim Anblick der Fähre, die sie nach Kopenhagen

übersetzen sollte. Die andere verhielt sich ebenso, wenn auch aus einem anderen, verständlicheren Grund. Beim Einmarsch in Reims zusammen mit der Zweiten Deutschen Panzerdivision unter General Guderian. Es besaß nämlich auch die französische Armee eine Dackeleinheit mit der Bezeichnung »Detachement secret des Chiens bas à terre«, welche allerdings nicht zu Kampfzwecken, sondern zur Gestaltung von Siegesfeiern durch konzertiertes Abbellen der »Marseillaise« bestimmt war. Sie bestand deshalb auch nur aus weiblichen Tieren.

Zufällig war diese Einheit im Mai 1940 in Reims stationiert, und als beim deutschen Einmarsch die Dackeleinheiten aufeinandertrafen, vermischten sie sich sogleich in ununterscheidbarer, aber doch natürlicher Weise. Dem klugen Vorschlag Charles de Gaulles, die zahlreichen Folgen dieser Vermischung als »Corps international des Chiens bas à terre« zur Grundlage einer deutsch-französischen Armee zu machen – natürlich unter französischem Oberbefehl –, war leider kein Erfolg beschieden. Die französische Dackeleinheit wurde aufgelöst, auch weil für Siegesfeiern angesichts der französischen Misserfolge in Indochina (Dien Bien Phu) und dem algerischen Atlasgebirge kein Anlass mehr gesehen wurde – trotz der üblichen Fähigkeit des französischen Generalstabs, selbst auch große Niederlagen noch als Siege zu verkaufen mit der Begründung, es hätte noch schlimmer kommen können. Die Offiziere der deutschen Kampfdackeleinheiten, soweit man ihrer habhaft wurde, kamen vor ein Kriegsgericht, das in der Besetzung mit einem Hauptmann der

Reichsstandarte Adolf Hitler als Vorsitzendem und zwei Deutschen Doggen als Beisitzer auf Tod durch Zerfleischen entschied, welches Urteil durch die Beisitzer sogleich vollstreckt wurde.

In den 1970er Jahren wurden die verurteilten Dackeloffiziere wegen besonnenen Verhaltens bei Gefahr rehabilitiert. Die Bundespost gab eine Sondermarke heraus, die den Kopf eines Schwarzhaardackels in einem Ährenkreis mit der Umschrift »*Humanitas suprema honor*« zeigte. Ein Fehldruck der Marke, der den Kopf einer englischen Bulldogge zeigt mit der Umschrift »*Vanitas summum gaudium est*« erzielte kürzlich auf einer Versteigerung des Briefmarkenauktionshauses die Rekordsumme von 100.000 €.

Den Schülern der dritten Klasse der Dackelgymnasien werden die Ereignisse dargestellt, um ihnen die praktische Bedeutung der Relativitätstheorie des genialen Albert Einstein zu verdeutlichen.

BELLUNO

oder

Bell uno

Ein Krankenhaus für Hunde. Über die
Bemessung der Kosten bei Operationen
und deren Übernahme durch Beihilfe
und die gesetzliche Krankenversicherung.

In der norditalienischen Provinzhauptstadt befindet
sich das einzige Hundeklinikum der Welt, das auf die
Behandlung der höchst ansteckenden Hundekrankheit
Bellitas brevis, sogenanntes Kurzbellen, spezialisiert ist.
Es handelt sich um eine nur operativ behebbare Verkrüm-
mung des mittleren Rachenraums, die dazu führt, dass der
betroffene Hund nur einmal monatlich bellen kann. Die
Kosten des Eingriffs, der natürlich unter Vollnarkose und
nach umfangreichen Voruntersuchungen vorgenommen
wird und in zehnjährigen Abständen zu wiederholen ist,
sind jedoch erheblich. Hunde, die als Jagdhunde verwen-
det werden und in dieser Tätigkeit den Vorschriften über
den Mindestlohn unterliegen, sind in der gesetzlichen
Krankenkasse ihres Halters mitversichert; diese über-
nimmt die Kosten mit Ausnahme der Narkose. Andere
Hunde gelten als Selbstzahler. Patienten sollten sich vor
dem Besuch des Krankenhauses über die hohen Nebenkosten informieren – um keine bösen Überraschungen zu

erleben. Bereits das Betreten des Krankenhauses wird mit 525 € berechnet, weil die Krankenhausverwaltung den Grundbetrag von 150 € mit dem Faktor 3,5 multipliziert, mit der Begründung, dass die Drehtüren am Hauseingang schwergängig seien.

Die Nebenkosten sind nur beihilfefähig für beamtete Hunde in den Besoldungsgruppen D1 bis D6 (Kat. Schwarzwildjagd).

DAS GEBELL ZWEIER PUDEL AM MEER

Der Einfluss des Hundegebells auf die Ozeano-
graphie und warum zwei Hunde aus einem
Münchener Tierheim Namensgeber für
zwei Ostseegewässer wurden.

Das Meer beeinflusst das Wesen des Menschen. Das
weiß man von Küstenbewohnern, Hochseefischern,
Leichtmatrosen auf großer Fahrt, Leichtmädchen in en-
gen Hafengassen und nicht zuletzt von vor den friesischen
Inseln ertrunkenen Badegästen. Auch Tiere werden vom
Meer geprägt. Die Milch des schwarzbunten Küstenviehs
ist salziger als die der rotbunten Alpenkühe – abgesehen
von den Beständen um Bad Reichenhall. Für Pudel haben Meeresforscher der Universität Marburg an der
Lahn nach jahrelangen Versuchen im stillgelegten Nicht-
schwimmerbecken des ehemaligen Hallenbades heraus-
gefunden, dass sie mit Ebbe besser zurechtkommen als
mit Flut.[28] Vermutlich wegen ihrer Größe – aber das ist
eben nur eine Vermutung.

Neuerdings haben in Sachen Pudel und Meer die
Meeresforscher einen Feldversuch an einem Küsten-
streifen nördlich von Flensburg unternommen. Dort
bewirtschaften in dem Dorf Glückshave Thore-Björn

---

[28] *Oberhessische Presse* vom 4. Juli 2015; *Baltrumer Badezeitung* unter der
Überschrift »Das geheime Wissen Ertrunkener«.

Lindstroem und Helle-Solveig Larssen gemeinsam einen Hof und leben von der Landwirtschaft und vom Fischfang. Sie besitzen den Schulabschluss nach Klasse 6, sind protestantisch, unverheiratet[29] und deshalb kinderlos.[30] Von einem Besuch des Münchener Oktoberfestes hatten sie aus einem Tierheim zwei Pudel mitgebracht, ein sehr großes Tier und ein kleines, eher zwergwüchsiges Exemplar. Beide hatten bei Beginn der Untersuchungen die Regelaltersgrenze, die auch für die Rente gilt, bereits überschritten. Dennoch fielen sie, dem konservativen Charakter ihrer Rasse entsprechend, sogleich durch ein regelmäßiges, gleichbleibendes Verhalten auf. Pünktlich um 12 Uhr mittags begann der große Pudel an dem nördlich des Hofes gelegenen Küstenabschnitt ein langgezogenes, markerschütterndes Gebell, worauf die Bauern in den umliegenden Gehöften sagten: »Der Große bellt – Zeit, die Kühe zu melken«. Ebenso pünktlich legte der kleine Pudel um 16 Uhr am südlich vom Hof gelegenen Küstenabschnitt mit einem diskantösen, stakkatohaften Gebell los, worauf die Bauersfrauen der Nachbarhöfe meinten, »der Kleine bellt, es ist Zeit, die Hühner zu füttern«. Dabei hielten die Pudel die Bellzeiten so akkurat ein, dass der Lokalsender Radio Flensburg seine Zeitansage danach einrichtete.

---

[29] Die kausale Verbindung dieses Begriffs mit

[30] dieser Folge entsprach der Überzeugung der Bewohner von Glückshave, und auch der Autor teilte sie bis zu seinem 16. Lebensjahr, gab sie aber nach einem einschneidenden Ereignis, das nicht ihn, sondern seine drei Jahre ältere Schwester traf, auf.

Es dauerte nicht lange, bis sich in der Alltagssprache und auf Seekarten für den nördlichen Meeresabschnitt der Ausdruck »Großer Belt« und für den südlichen Meeresabschnitt die Bezeichnung »Kleiner Belt« allgemein durchsetzte. Vom Gebell zweier Pudel also zur Neuordnung von Sprache und nautischen Begriffen. Welch bedeutsames wissenschaftliches Forschungsergebnis. Vorbildlich wird so der Einfluss des Hundegebells auf die Welt der Menschen dokumentiert.

Unseren Lesern ist der Wegfall des doppelten »l« im Großen und Kleinen Belt sicher aufgefallen. Er beruht auf einem Bundesgesetz, das zwecks Verringerung des CO_2-Ausstoßes von Druckereien den Gebrauch von Doppelbuchstaben bei Druckerzeugnissen verbietet. Das Gesetz beruht auf einem Antrag der Bündnisgrünen unter deren Vorsitzenden Özdemir. Der Hl. Stuhl trug Bedenken vor, weil z.B. der Wegfall eines »l« in »Hölle« den gewünschten drohenden Charakter des Begriffs vermindern würde – in der Tat klingt »Höle« im Vergleich zu »Hölle« ja eher gemütlich, nahezu wohnlich. Diesen vatikanischen Bedenken stimmte überraschenderweise Sara Wagenknecht namens der Linksfraktion ausdrücklich zu, mit der Begründung, »Hölle« sei einer der wenigen Begriffe, die zugleich himmlisch-theologischer als auch irdischer Natur seien. Als daraufhin aus den Reihen der CDU erregte Zwischenrufe wie »Unerhört« und »Aufhören« ertönten, bat Arbeitsministerin Nahles, die die Sitzung in Vertretung von Bundestagspräsident Lammert leitete, die

Kollegin[31] Wagenknecht um Präzisierung der irdischen
Erscheinungsform von »Hölle«, was diese mit »Arbeits-
verhältnis« beantwortete, um nach einer Sekundenpause
unter dem Jubel der Bündnisgrünen »Ehe und Familie«
hinzuzufügen, was erneute Unruhe unter den Koalitions-
abgeordneten zur Folge hatte. Dennoch nahm das Plenum
den Gesetzesantrag fast einstimmig mit den Stimmen der
CDU/CSU-Fraktion an, weil er den von der Regierung
beschlossenen Grundsätzen für die Umweltgesetzgebung
in vorbildlicher Weise entsprach: Aufsehen erregen –
nichts bewirken – niemandem wehtun.

---

[31] Die Bezeichnung »Kollegin« für die Abgeordnete Wagenknecht
durch die Arbeitsministerin Nahles kommentierte die Presse mit dem
Verdacht, Nahles stricke heimlich an einer Koalition mit der Linkspar-
tei. Vizekanzler Gabriel erklärte daraufhin Nahles als »am wenigsten
geeignete Kanzlerkandidatin«, was Gregor Gysi und Helmut Schmidt
aus allerdings unterschiedlichen Gründen als in der Form überzogen,
sachlich aber zutreffend erklärten.

BELL, GRAHAM

Ein großer Erfinder und die Dialektik der Begriffe.
Wieso Nichtbellen auch eine Form des
Bellens ist – theoretisch jedenfalls.

Das ist keine Geschichte von Hundegebell. Nur von
Bell. Aber wenn die Geschichte nichts mit dem
Hundegebell zu tun hat, dann ist es, recht besehen und in
guter, auch philosophischer Beleuchtung, am Ende doch
eine Bellgeschichte. Das hängt mit dem philosophischen
Grundsatz von der begrifflichen Gegensätzlichkeit der
Dinge zusammen, was die alten Griechen schon lange
vor der Pleite die *Kalokakateia* nannten und was für Karl
Marx die Dialektik ist. Licht wird erst durch das Dunkel
begreifbar und Wärme durch Kälte, das Gute durch das
Böse.

Und ein voller Fressnapf wird in seiner Bedeutung
durch einen leeren Fressnapf bestimmt. Obwohl: Napf
bleibt Napf. Hunde lernen das im Rahmen ihrer philosophischen Studien schon im ersten Semester.

Graham Bell also – er war der Cousin zweiten Grades
des weitaus bekannteren Graham Brot, und er gilt in der
englischsprachigen Welt als Erfinder des Telefons, wel-
chen Ruhm andere Philipp Reis zusprechen. Bewohner
der ehemaligen Sowjetzone wissen, dass nach der sowje-
tischen Wahrheit Alexander Levetzov neben dem Telefon
auch alle anderen technischen Neuheiten erfunden hat,

wie das Automobil, das Fernsehen, die Atombombe und Viagra, ganz zu schweigen von der nach ihm benannten Salbe, die die Schwerkraft aufhebt und, auf die Kopfhaut aufgetragen, die Menschen fliegen lässt.

Graham Bell hatte keine Beziehung zu Tieren und besaß nie einen Hund. Das änderte sich allerdings kurzzeitig, als ihm eine Cocotte aus Baltimore, eine sogenannte Hundert-Dollar-Lady, einen Hund auf dem Postwege zusandte, als Dank dafür, dass sie durch seine Erfindung in der Lage war, sich mit ihren Kunden zeitlich abzustimmen. Bell, der mit dem Geschenk nichts anzufangen wusste, verschenkte den Hund, der den Postversand in einer luftdicht verlöteten Blechdose entsprechend den damaligen Postbestimmungen lebend überstanden hatte, an ein Altersheim, wo er bellend für Unterhaltung sorgte.

In den Bars und Shops von New York bis Savannah, von Edinburgh bis Portsmouth und den Darkrooms der gesamten Ostküste wurde oft und lange, meist mit unterschiedlichen Ergebnissen, über die Frage diskutiert, wie denn in einer Zeit, in der ein Ei 2 Cent und ein Kilo Brot 85 Cent kosteten, die Leistung der Hundert-Dollar-Lady nach Art, Form und Dauer beschaffen sein müsste, um einen gehörigen Ausgleich darzustellen.

An die Mitwirkung des Hundes dachte dabei niemand. *Sic transit gloria mundi.*

IsaBELLA, Herzogin von Alba-Gotha und Ella Lady CampBELL of Copperfield

Zwei Frauen aus dem Volke und ihre Hunde im Banne der britisch-spanischen Beziehungen.

Waltraud Schmidt wurde als Tochter eines kaufmännischen Angestellten des südthüringischen Rindviehversicherungsvereins a.G. in Gotha geboren. Von mäßigem Geist, aber großer Schönheit begegnete sie bei einem Campingurlaub in Marbella am FKK-Strand in der Nähe des rosa Erotiktempels und des gern besuchten Bosco del Rey[32] dem hochbetagten, altadeligen, aber völlig verarmten[33] Herzog von Alba – 17. Seitenlinie, der sich in sie verliebte und sie heiratete. Er verstarb kurz darauf in ihren Armen. Sie hispanisierte daraufhin ihren als popelig empfundenen Namen Waltraud in IsaBELLA, nahm seinen Titel an, was ihr den 142. Platz in der spanischen Thronfolge sicherte, und fügte den Namen ihres Geburtsortes hinzu, was zu erbittertem und noch anhaltendem Streit mit den auf und vor allem neben europäischen Thronen sitzenden Mitgliedern und Nachkommen des Hauses Sachsen-Coburg-Gotha führte.

---

[32] Der Herzog hielt sich gewöhnlich dort auf, wenn seine einzige Hose in der Reinigung war.

[33] Zu den Ursprüngen des großen Vermögens der Alba, das sie in ihrer Zeit als spanische Statthalter den Bewohnern der Niederlande abgepresst hatten, vgl. Friedrich v. Schillers Drama *Egmont*.

Einziges materielles Erbe war ein 250 spanische Quadratmeilen großes Wüstenstück in der Provinz Estremadura. Diesen Schatz nutzte IsaBELLA zum Aufbau eines Millionenvermögens. Es war nämlich der dortige Sand wegen seiner seltenen Mineralisation 30-30-40 (Gneis, Glimmer, Granit) und einer Körnung von nur wenigen Millimü leicht auswaschbar. Das machte ihn überaus geeignet, ihn z.B. vor Parlaments- oder Präsidentschaftswahlen, aber auch vor wichtigen persönlichen Entscheidungen, wie dem Kauf eines Diesel-Pkw oder der Eingehung oder Lösung einer Ehe, den Menschen zu Täuschungszwecken in die Augen zu streuen. Mit ihrer Firma Compania de Tierras Santas[34] de Estremadura vertrieb sie große Mengen dieses speziellen Streusandes vor allem an süd- und mittelamerikanische Staaten, aber auch an Russland (nur gegen bar), wobei zu bedenken ist, dass dort wegen der schieren Größe des Landes oder aus anderen bekannten Gründen, ein Drittel des Sandes wie auch anderer Gebrauchsgüter stets verloren zu gehen pflegt, sogenannter systemimmanenter Russenschwund. Die Bundesregierung in Berlin lehnte ein preisgünstiges Streusandangebot ab mit der Begründung, man verfüge über eigene Mittel und Möglichkeiten für die genannten Zwecke und könne deshalb auf die arbeitsaufwändige Einsandung weiter Bevölkerungskreise verzichten.

---

[34] Der leicht katholische Anklang in einer Firmenbezeichnung ist in Spanien auch heute noch nützlich für die Beziehungen zu den staatlichen Steuerbehörden.

Allerdings erwarb die Bayrische Staatsregierung ein Probepaket von 20 Pfund mit der Zusage, davon nur nach vorheriger Zustimmung des Bayrischen Landtags Gebrauch zu machen, wofür die einfache Mehrheit der CSU-Fraktion als ausreichend anzusehen sei. Aus der Wirtschaft sind Streusandkäufe außer von VW von der Bundesinnung der Werbewirtschaft, der Betrugsgemeinschaft Banken, Versicherungen und Finanzdienstleister sowie vom Zentralverband des Lebensmittelgewerbes aktenkundig. Die beiden Kirchen beliefert die tiefgläubige IsaBELLA kostenlos, andere Religionsgemeinschaften, mit Ausnahme der kommunistischen Plattform von Frau Wagenknecht, mit großzügigen Rabatten. Sie selbst lebt bescheiden auf einem kleinen Landgut in der Nähe von Madrid, wo sie sehr erfolgreich die Zucht von Jagdspaniels betreibt.

Ella, Lady CampBELL of Copperfield, kam wie alle Engländerinnen als Missgeburt zur Welt. Ihr leiblicher, nicht ehelicher, aber immerhin schottischer Vater starb früh an den Folgen übertriebener Sparsamkeit. Er befolgte den noch aus keltischer Zeit stammenden Grundsatz, dass es billiger ist, einen alten Rausch zu pflegen als sich einen neuen anzutrinken, irrigerweise täglich. Seine Leber, die bei seinem Hinschied 24 englische Pfund aufwies, befindet sich im Schottischen Nationalmuseum in Edinburgh, Abteilung Innereien. Lady Ella ließ sich auf dem leibväterlichen Landgut Copperfield in der Nähe von London nieder und betreibt dort Zucht und Ausbildung englischer Bulldoggen als Wach-, Sicherheits- und Begleithunde. Zu ihren Kunden gehören die Queen, der Geheimdienst, die Familie von David Beckham und die Hausmeister von Schloss Balmoral und Downing Street No. 10.

Alljährlich am zweiten verkaufsoffenen Sonntag im Dezember besorgen Herzogin IsaBELLA und Ella Lady CampBELL Weihnachtseinkäufe bei Harrods in London, vorzugsweise festlich gestaltete Großgebinde von Hundefutter. Dabei treffen auf einem Platz am Rande von Soho die Spaniels der Herzogin und die Bulldoggen von Lady CampBELL aufeinander, was sofort zu einer wüsten Beißerei führt, verbunden mit extrem ekstatischem Gebell. Den vereinigten Spaniels gelingt es, den Anführer der Bulldoggen in den Rücken zu beißen, was zu dessen Tod führt. Ein plötzlich von der Themse aufziehender Sturm vertreibt danach die leichtgewichtigen Spaniels vom Schlachtfeld, womit das Spektakel endet und die Bulldoggen sich einstimmig zu Siegern erklären. Das Ereignis wiederholt sich seitdem alljährlich und hat sich zu einer den Umsatz der anliegenden Pubs bedeutend steigernden Touristenattraktion entwickelt.

Die Deutung der Vorgänge ist umstritten. Einige sehen darin die Wiederholung des Jahres 1588, als die übermächtige spanische Armada vor Englands Küste durch einen Orkan in alle Winde zerstreut und dadurch die englische Flotte und das Land selbst vor dem Untergang gerettet wurde. Andere halten das Ganze für die Neuauflage der Seeschlacht von Trafalgar zwischen der französisch-spanischen und der britischen Flotte unter Lord Nelson, der den Sieg der Briten mit dem Leben bezahlte. Dies ist auch die Ansicht von Lady CampBELL, die dem getöteten Anführer ihrer Bulldoggen posthum mit Genehmigung der Admiralität den Namen »Nelson« verlieh.

Die Ereignisse blieben auf der diplomatischen Bühne nicht ohne Folgen. Spanische Medien kritisierten die Aggressivität der Bulldoggen, durch deren Gebell die Fenster der spanischen Botschaft zersprungen seien, während englische Zeitungen die Spaniels der Herzogin als Feiglinge verhöhnten. Die Spanier wiederum beklagten das unfaire Verhalten der englischen Zuschauer und kündigten für zukünftige Veranstaltungen die Anreise von zehntausend Spaniern an, wofür sie von England eine Kostenbeteiligung von 1 Mio. Euro forderten. Das lehnte die britische Regierung in der ihr oft eigenen rüden Art ab mit der Begründung, dass es gegen den jahrhundertelang erfolgreich geübten Grundsatz der britischen Diplomatie verstoße, wonach diplomatische Verwicklungen zwar grundsätzlich mit Geld zu lösen seien – aber niemals mit eigenem. Auf dem Höhepunkt der Krise heizte die Admiralität die Kessel des Flugzeugträgers Winston S. Churchill an, und Spanien zog zwei ältere Raddampfer vom Ebro nach Barcelona ab. Bei einem Fußballspiel zwischen Leeds United und dem AC Sevilla kam es zu einer Massenschlägerei mit über hundert Toten.

Doch die Krise endete so plötzlich, wie sie begonnen hatte. *The Times* und *El País* meldeten übereinstimmend und in großer Aufmachung die bevorstehende Eheschließung zwischen der Herzogin IsaBELLA und Lady Camp-BELL, deren künstlerische Ausgestaltung Anna Netrebko

und dem Pianisten Lang Lang[35] übertragen sei. Die Bulldoggen der Lady sollten den Personenschutz überneh-
men und die Spaniels der Herzogin das Wildbret für die
Hochzeitstafel besorgen. Diese Veröffentlichungen und
die dadurch geschaffene Erwartung der Medien und des
Publikums versetzte alle Welt in einen euphorischen Erre-
gungszustand, der die britisch-spanische Krise sofort im
Schatten des Vergessens verschwinden ließ. Die Winston
S. Churchill, noch unter Dampf, wurde zu einem Freund-
schaftsbesuch in den Hafen von Husum umgeleitet.

Nur wenige Tage später war in der *FAZ* unter Berufung auf Kreise um die russische Botschaft in Berlin zu
lesen, Präsident Putin sei von seinen Beratern mit Blick
auf die beschriebenen Ereignisse, insbesondere die durch
Hundegebell veranlasste Heirat und die dadurch gelöste
diplomatische Verwicklung zweier Länder, dringend
empfohlen worden, die Tochter des Dalai Lama zu ehelichen. Im Schatten der durch dieses Vorhaben, ähnlich der
Heirat von IsaBELLA und Lady CampBELL erzeugten
Euphorie, könne er die Annexion der Ostukraine in aller
Ruhe abschließen. Putin habe den Vorschlag abgelehnt

---

[35] Wussten Sie, dass der so deutsch klingende Name Lang Lang tatsächlich deutsche Wurzeln hat? Der damals noch weithin unbekannte
junge chinesische Pianist Wu Xhan Peng begeisterte 1981 bei einem
Konzert in der Niederbayernhalle in Landshut die Zuhörer. Der Musikkritiker des *Landshuter Anzeiger* schrieb eine überaus sachkundige
und liebenswürdige Besprechung des Abends, die er wie üblich mit
einer urbayrischen Bemerkung abschloss: »Lang, lang iss her, dass
amol oaner in Lanzhuut so a scheene Musi auf-am Pianno hot spuin
kennan, ja, lang, lang scho.«

wegen der Befürchtung, der Westen und die von diesem gesteuerte Weltpresse werden ihn dann verdächtigen, auch Tibet annektieren zu wollen, welches ihm aber nach dem von ihm als sicher vorausgesehenen Zerfall Chinas ohnehin wie ein überreifer Apfel zufallen und Russland über Indien erstmals den Zugang zu den warmen Meeren der Südhalbkugel eröffnen werde.

Das zeigt nach Auffassung des Pentagon, dass der Westen weiterhin in der Region präsent sein müsse, um afghanischen Mädchen den Schulbesuch militärisch zu sichern – westlicher Werteordnung gemäß natürlich nur mit deren Zustimmung. Regierungssprecher Seibert stimmte dieser Ansicht schon zwei Tage vor ihrer Veröffentlichung namens der Bundesregierung zu und kündigte Unterstützung an durch Übersendung weiterer zweitausend Exemplare der Broschüre *AFGHANE – lerne Deutsch mit dem saarländischen Rundfunk*. Die angekündigte Hilfe verzögerte sich allerdings, weil zuvor 2 Mio. Exemplare der für Bürgerkriegsflüchtlinge aus der Ukraine vorsorglich gedruckten Broschüre auszuliefern waren.

BELETAGE

oder

Bell Etage

Liselotte von der Pfalz und ihre Reise an den französischen Königshof. Nachträgliche Überlegungen zum Verlust ihrer Jungfernschaft und zu möglichen Täterprofilen. Ein überflüssiger Prozess vor dem Landgericht Speyer und ein weises Urteil.

L iselotte von der Pfalz war eine Tochter aus gutem, nämlich kurfürstlich pfälzischem Haus. Geboren etwa in der Mitte des 17. Jahrhunderts, nicht schön, zur Leibesfülle neigend – es gab damals weder Almased noch Formoline und auch der Body-Mass-Index war noch unbekannt – und vor allem ohne bedeutendes Vermögen. Da war es nach damals landläufiger Meinung ein nobles Angebot, als sie auf Betreiben des französischen Königs Ludwig XIV., des Sonnenkönigs, als Ehefrau für seinen Bruder, den Herzog von Orléans, vorgesehen wurde. Staatsraison, nicht Liebe, war für die Heirat maßgebend.[36] Ludwig XIV. spekulierte darauf, durch die Heirat die

---

[36] Wiederhole Kapitel 21 am Ende und beachte die Stichworte »Putin« und »Dalai Lama«.

Pfälzer Ländereien links des Rheins zu erwerben, und die Pfälzer ihrerseits umgekehrt hofften, gerade durch die Begründung verwandtschaftlicher Beziehungen eben diesen Zugriff abwehren zu können.

Liselottes Vater befürchtete allerdings, dass die Franzosen, um ihm seine Tochter abzunehmen, eine hohe Mitgiftsforderung stellen würden. Um diese Befürchtung zu zerstreuen, empfahl der französische Brautwerber, der Comte de St. Cloud, Liselotte möge ihr Reisegepäck auf das Nötigste beschränken. Das beruhigte den Heidelberger Hof in seinen Befürchtungen, und Liselotte selbst entschied und beschloss spontan, deshalb auf die Mitnahme ihrer Jungfernschaft nach Frankreich zu verzichten, die, wie sie sicher glaubte, dort ohnehin nicht in guten Händen sein würde. Sie traf die Entscheidung auch auf der Basis der richtigen Erkenntnis, dass die Franzosen es bei der geplanten Ehe weniger darauf als auf den Erwerb der pfälzischen Ländereien abgesehen hatten.

Obwohl es damals weder *BILD* noch *Bunte* oder die *Süddeutsche Zeitung* gab, auch nicht den WDR und der Begriff des investigativen Journalismus gänzlich unbekannt war, gelangten das Ereignis und die Fakten alsbald in den Besitz der Öffentlichkeit, weil reisende Händler und allerhand fahrendes Volk die Nachrichten darüber verstreuten, und da jedermann glaubte, von den Dingen etwas zu verstehen, begann sogleich eine hektische Suche nach den möglichen Tätern und Täterprofilen, die zu allerhand Verdächtigungen und in deren Gefolge zu Klagen wegen Beleidigung und wissentlich falscher Anschuldigung führten.

In den Fokus gerieten außer den üblichen Verdächtigen – heute würde man sagen »aus Film und Fernsehen« – der Erbprinz Januarius von Hohenlohe-Rosenheim (14) und der Markgraf von Baden-Künzelsau (83). Ersterer wäre mit einer Jugendstrafe davongekommen, der Markgraf wegen eingeschränkten Leistungsvermögens mit einer Bewährungsstrafe unter Auflagen, etwa eingeschränkten Rotweinkonsum für die Dauer des Winters.[37] Aus diesen Gründen konzentrierte sich das Interesse alsbald, wie ja auch in Fernsehspielen und Kriminalfilmen – auf den Gärtner.[38]

Liselotte reiste also mit ihrer Zofe, zwei riesigen Begleitern und vier Kisten sechsspännig in Richtung Paris. Zu der kleinen Reisegruppe gehörten vier riesige, furchteinflößende ungarische Hirtenhunde, ein Geschenk des ungarischen Fürsten Victor Szekessy zu Liselottes 14. Geburtstag. An der pfälzisch-französischen Grenze wurde allerdings den Hunden der Übertritt nach Frankreich verwehrt mit der Begründung, ihr Visum sei abgelaufen. Die Begründung erscheint wenig glaubhaft, hatte doch der Vierzehnte Ludwig den Visumszwang für Hunde in Vorwegnahme der Schengen-Regelung bereits abgeschafft. Vieles spricht für die Richtigkeit von Informationen, wonach die Zurückweisung die Folge einer Demarche des Vorstandes der Vereinigung französischer Straßenhunde (»Département Moselle et Meuse«) war, der durch die

---

[37] Vgl. Artikel 17 §§ 12 bis 24 des *Codex Criminalis Palatinensis*.
[38] Gärtner hätte man werden sollen.

Anwesenheit der ungarischen Großhunde das Leben seiner Mitglieder bedroht sah. Für die Richtigkeit der Information spricht auch, dass die Macht der Straße in Frankreich allezeit groß war und noch ist. Notgedrungen gab Liselotte die Tiere in die Obhut der pfälzischen Kleinstadt Bellheim und setzte ihre Reise fort.

Die Stadtverwaltung verstand es, aus dem unerwarteten Geschenk gutes Geld zu schlagen, indem sie die Tiere während der Weinlese an die umliegenden Weinbaugemeinden als Flurwächter vermietete, um dem Rebendiebstahl durch ihr furchterregendes Gebell und ihre schiere Größe entgegenzuwirken. Neben dieser Arbeit wurden die Tiere an den Stadttoren von Bellheim als Nachtwächter eingesetzt. Als Quartier wurde den Hunden das erste Stockwerk des Stadtschlosses von Bellheim zugewiesen, wo sie mit ihrer inzwischen großen Nachkommenschaft bis auf den heutigen Tag residieren und lautstark bellen. Die Bevölkerung spricht diesbezüglich von der »Bell Etage«.

In den deutschsprachigen Ländern ist es üblich, dass sich Männer am Wochenende mit ihren Dackeln zu sogenannten Stammtischen versammeln, wo sie bei zahllosen Bieren Kriegserfahrungen austauschen und gegenseitig ihre ehelichen Beziehungen beklagen. Derweilen lassen es sich die Dackel unter dem Tisch wohlergehen. Die ruhige Stunde im Schutz des Tisches, zu Füßen ihrer Herren, eingefangen in den ruhigen Fluss ihrer Gespräche und nach dem Genuss des beim Bierzapfen entstehenden »Dröppelbieres«, das ihnen der verständige Wirt in einem Blechnapf reicht, verbreitet in ihnen das Gefühl großer Behaglichkeit. Sie nennen ihre Untertischgemütlichkeit deshalb auch ihre »Beletage«.

Von einem reisenden Händler in Hundeartikeln, der allerhand Gebrauchswaren für kranke und behinderte Hunde wie Wärmflaschen, batteriebetriebene Heizdecken, Hörrohre, Streckverbände, Rülpsbeschleunigertropfen und Schwanzklingeln auf Jahrmärkten vertrieb, erfuhren die Stammtischdackel beiläufig von der gleichnamigen Bell Etage im Stadtschloss von Bellheim. Der Vorstand der Sächsischen Stammtischdackelvereinigung a.G., der seinen Sitz im »Italienischen Dörfchen« in Dresden hat, beschloss daraufhin, bei der Wettbewerbskammer des kynologischen Landesgerichts in Speyer Klage zu erheben mit dem Antrag, den Bellheimer Hunden die Führung der Bezeichnung »Bell Etage« für ihre Wohnstätte im Schloss von Bellheim zu untersagen. Das Gericht wies die Klage jedoch ab mit der zutreffenden Begründung, bei Bell Etage und Beletage handele es sich um verschiedene Dinge, zwischen denen trotz sprachlicher Ähnlichkeit eine Verwechslung nicht zu befürchten sei.

DER BELCHEN

Göttliche Wanderungen im Südschwarzwald und
die Folgen. Über Probleme der Namensvergabe
an Schwarzwaldberge und die Mitwirkung
griechischer Hunde hierbei.

Es war Sommer. Lähmende Mittagshitze lag über den
griechischen Archipeln. Das Leben stand still – auch
ohne dass die Griechen streikten. Pan blies auf den nack-
ten, glühend heißen Felsen des Peleponnes die Flöte, und
Zeus saß reglos auf dem Olymp im Schatten alter Eichen
und schwitzte den Wein aus, den er abends zuvor auf dem
Weinfest auf Samos reichlich getrunken hatte. Er sehnte
sich nach Abkühlung und dachte an die feuchten und
kühlen Wälder des Nordens.

Es war noch die vorchristliche Zeit. Als Vorgänger des
Christengottes residierte Jahwe, auch Jehova genannt,
in Israel. Zeus war mit ihm befreundet, denn anders als
die anderen Gotteskollegen versuchte Jehova nicht, ihm
seine Gläubigen abspenstig zu machen durch einen Vorgang, den sie »Mission« nannten. Er hasste das, obwohl
es seine Priesterinnen gelegentlich auch taten. Es war
auch die Zeit, in der die bekannte Welt fast täglich größer wurde. Zwar lag die Geburt von Christoph Colum-
bus noch in weiter Ferne, doch hatten die Römer gerade
ganz Gallien in Besitz genommen und waren über den
Rhein, dort wo er noch ursprünglich und wild floss, in

die schwarzen germanischen Wälder eingedrungen, wo die Sueven mehr hausten als wohnten.

Zeus entschloss sich, dorthin vor der griechischen Hitze zu fliehen. Da er wie alle Götter über die Fähigkeit der Ubiquität[39] verfügte, würde ihn sein Aufenthalt in den schwarzen Wäldern nicht hindern, gleichzeitig an dem abendlichen Weinfest auf Lesbos teilzunehmen. Er liebte die Insel wegen ihrer schönen Badestrände. Was die Frauen dort taten, billigte er zwar nicht.[40] Aber weil seine Gläubigen ihm wegen seiner Affären mit dem Schwan und dem Stier, die, wie er zugeben musste, doch wirklich nicht der feinen englischen Art entsprachen, auch keine Schwierigkeiten gemacht hatten, ließ er sie gewähren. Toleranz gegen Toleranz – das war sein Prinzip und Ausdruck seiner Lebensklugheit. Er tat das auch in der Hoffnung, dass es sich bei den Geschehnissen auf Lesbos um vorübergehende Erscheinungen handele und die beteiligten Frauen die Quellen wirklichen Vergnügens alsbald erkennen bzw. wiedererkennen würden.

Zeus brach also nach Norden auf. Mit ihm seine Tochter Athene, seine Kopfgeburt, und Cerberus, der Höllenhund, dem, so meinte Zeus, die Mitreise in den kühleren Norden ein besonderes Vergnügen sein werde. Die Römer hatten in der Ebene zu Fuß der schwarzen Wälder und zum Schutz vor den räuberischen Germanen eine Garnison gegründet, bemannt mit griechischen Söldnern der

---

[39] Das ist lateinisch und heißt, überall gleichzeitig sein zu können.
[40] Bevölkerungspolitische Überlegungen waren Zeus fremd.

14. Legion. Da konnte Zeus einen Aufenthalt mit einem Truppenbesuch verbinden, was der ganzen Sache einen dienstlichen Charakter verleihen würde – ganz so wie spätere Truppenbesuche der Damen Ursula von der Leyen und Claudia Roth[41] in Afghanistan. Zugleich fiel Zeus ein, dass er dann die Reisekosten für sich, Athene und Cerberus von der Steuer würde absetzen können. Aber er zahlte ja gar keine Steuern. Als Gott. Und als Grieche ja sowieso nicht. Also gab er die Absetzüberlegungen auf. So wie Rommel im Sommer 1944 bei Falaise. Aber aus anderen Gründen.

Die kleine Reisegruppe begab sich zuerst auf einen hohen Berg (1.414 m), der südlich der befestigten Garnison *Castrum Libertatis*, dem späteren Freiburg, gelegen war. Der Aufstieg war beschwerlich und sogar für Cerberus schweißtreibend. Als sie den Gipfel fast erklommen hatten, hörten sie aus der Tiefe laute Rufe wie: »Thor, Thor, Thor« und »Tooor« und nochmals »Thooor, Tooor!« Zeus zeigte sich tief verärgert. Er hatte zu allen seinen Götterkollegen freundschaftliche oder doch gutnachbarschaftliche Beziehungen. Nur nicht zu Thor, diesem Germanengott, diesem schrecklich ungebildeten und ungehobelten, unkultivierten und unzivilisierten Gesellen, der mit einer ebensolchen Irminsul in einem nie näher geklärten Verhältnis lebte. Dass der sich hier, in unmittelbarer Nähe eines römischen Feldlagers, mit griechischen

---

[41] Zeus verstand nicht, wie eine Grüne Roth heißen kann. Als Grieche liebte er einen exakten Umgang mit der Sprache.

Söldnern zu schaffen machte, war doch wirklich unerhört, und Zeus erwog ernsthaft, einen Strafblitz gegen ihn zu schleudern. Da unterbrach Athene den Fluss seiner Gedanken.

»Papa, die Männer treten eine Kugel mit den Füßen, und wenn die in eine Kiste gerät, schreien sie so!«

Zeus war erleichtert. Es war also nicht der zutiefst verachtete Germanengott. Er wusste, die Leute spielten Fußball, wahrscheinlich seine Griechen gegen eine Auswahl der Sueven. Und der Fußball hatte seine eigenen Götter, sie würden Pelé heißen oder Ronaldo, Netzer und Neuer, Lewandowski oder einfach nur Müller. Und Zeus, der wie alle Götter die Zukunft bereits in sich barg, wusste auch: Dieses Fußballspiel war die Vorwegnahme der alljährlichen badischen Meisterschaft zwischen dem SC Freiburg und der TSG Hoffenheim.

»Es ist ein Ballspiel«, sagte Zeus zu Athene.

»Bällchenspiel«, entgegnete Athene mit überlegenem Lächeln.

»Ball«, so Zeus.

»Doch Bällchen«, so wiederum Athene mit frechem Gesicht, das ihr übrigens gut stand.

»Verdammt, Schluss jetzt, Ball«, beendete Zeus die Debatte zornesrot.

Endlich schwieg Athene.

Beim Abstieg vom Gipfel wollte auch Cerberus, der bisher geschwiegen hatte, etwas zur Unterhaltung beitragen und begann vielsagend mit einem vorhergehenden Räuspern, brachte jedoch anstelle seines üblichen kräftigen Belltons wohl wegen Erschöpfung nur einen einzigen mageren Bellton heraus.

»Das war kein Beller, sondern nur ein Bellchen«, urteilte Athene, nun viel unaufgeregter.

»Auf der Bergeshöhe hat er nur ein Bellchen zuwege gebracht«, stimmte Zeus zu. Und Vater und Tochter sodann gleichlautend: »Kein Beller, nur ein Bellchen, kein Beller, nur ein Bellchen.«

Und Athene trällerte nach der Melodie von Beethovens Neunter: »Bellchen, auch du schönes Bellchen, Töchterchen vom hohen Berg ...«

So kam der eben bestiegene Berg zu seinem Namen
BELCHEN[42]

Beim Abstieg gab Zeus noch weitere Einzelheiten seines Zukunftswissens preis.

»Hoffenheim steigt 2016 ab und nie wieder auf. Hopp zieht sich aus dem Verein vollends zurück. Der spielt in der Kreisklasse in der mittleren Erfolgsklasse weiter und gewinnt 2020 die Kraichgaumeisterschaft gegen die Sp-Gem. Tiefenbach/Eichelberg.« Nach einer längeren Wegstrecke fügt er nachdenklich hinzu: »Vielleicht habe ich mit bei den Jahreszahlen doch vertan. Na, egal.«

---

[42] Zum Wegfall des Doppelell von »Bellchen« zu »Belchen« vgl. Kapitel 19, am Ende.

Nachwort des Autors

Um späteren Vorwürfen des Plagiats vorzubeugen, habe ich den Entwurf des Werks der Pfuscherplattform www.vroniplag vorgelegt mit der Bitte um Prüfung und ggf. Beanstandung. Die Plattform hat mir mitgeteilt:

»… die Kafka-Forschung ist sich heute einig, dass der Roman *Der Prozess* als erster Teil einer Trilogie gedacht war, dem *Die Berufung* und *Die Revision* folgen sollten. Bei unseren Untersuchungen haben wir festgestellt, dass in Ihrem Werk *Das Hundegebell* der Großbuchstabe »W« (Großweh[43]) ebenso häufig vorkommt wie in dem unveröffentlichten Vorwort zu Franz Kafkas *Die Berufung*. Ob daraus für Sie die Pflicht entsteht, jedes von Ihnen gebrauchte Großweh[44] mit der Anmerkung zu versehen »kommt so auch bei F. Kafka vor«, möchten wir mit Rücksicht auf die fehlende Veröffentlichung des Kafka'schen Vorworts zunächst offenlassen und von einer Expertise des Börsenvereins des Deutschen Buchhandels abhängig machen.«

Trotz dieser durch die vorstehende Mitteilung von vroniplag entstehende Unsicherheit habe ich mich mit dem Verlag entschieden, das *Hundegebell* zu veröffentlichen und auf die jeweiligen Zitate bei Großweh[45] zu verzich-

---

[43] Nicht dagegen kleinweh und auch nicht kleinwehweh.

[44] Vgl. Anm. 43.

[45] Vgl. Anm. 44.

ten. Sollten vroniplag und der Börsenverein die Zitate entgegen unseren Erwartungen für notwendig halten, bitten wir unsere Leser vorsorglich schon heute um Entschuldigung für unseren Verstoß gegen die Zitierregeln.

Im Übrigen wird der Leser feststellen, dass der streng wissenschaftliche Charakter des Werks durch die Fülle von Anmerkungen und Zitaten hinreichend belegt wird.

Register[46]

---

[46] Die Zahlen verweisen auf die Kapitelnummern.